陽子の微笑《ほほえみ》

町井たかゆき

風媒社

三年ほど前、ある縁があって名古屋で歴史ある同人誌『北斗』の隅に座らせていただいた。同人の方々は八十を超えた老人を温かく迎えてくれたので、その親切にほだされて、去年一年間連載させていただいた作品を本にした。

「認知症」という病気についてよく書けたかどうかわからない。思い込みが多く肩に力が入り、余分なことばかりで肝心なことはよくわからないものとなっているかもしれないが、この病気が一筋縄ではいかないものであることだけでも知るきっかけになれば、それなりの甲斐があると思っている。

その点でも『北斗』の同人の方々にはあらためて感謝の気持ちを述べたい。

町井たかゆき

目次

風鈴（まえがき）

わすれ病妻の作りし風鈴の
音のかそけき酷暑終わりぬ

平成二十二年（二〇一〇年）の夏は暑かった。台風も日本列島を忘れたかのようで、太陽だけが元気いっぱいに輝いて、夜には少し冷える空気をすぐ熱い風に変えた。

そこへもってきて、日本の代表となるべき総理大臣に未熟児のような男が祭り上げられて余計イライラを増幅させたこともあった。そうしたイライラは感じなかったであろうが、暑さは草木もまともに受け取ったに相違ない。

私の家に、トカゲが運動会をするほどの庭があり、名もなき雑草がおお威張りで葉を伸ばしているうえに、こういう世界にも回状を回すものがいるらしく、カマキリやバッタなども何処からともなくやってきて、運動会に参加する。

その一隅に、一メートルに一〇センチ程足りないドウダンツツジがあって、ある日、葉の色が茶色になっているのに気がついて、揺するとパラパラと落ちる。暑さで枯れてしまったのであろうと思われた。このドウダンツツジが二〇センチくらいでそこに植えられてから十五年の余を経るが、およそ手を入れることもなかったが枯れることもなかった。春、桜が八重桜の季節になるとスズランに似た花をつけ、秋には季節を図ってきちんと紅葉した。

慌てて水をさすと、樹そのものは命を保っていたらしく、茶色になった葉を落とすと、小さな芽が出てそのまま季節を迎えて赤く色づいてしまった。

〝わすれ病〟というのは、世に言う「認知症」という奇病のことである。カミさんはその暑いさなかの八月の終わりに「特別養護老人ホーム」へ入所した。

今から思えばカミさんの言動が変調をきたすようになったのはその時から八年前になる。それでも変調でありながらも家事はそれなりにしていたが、一年ほどして、家の中がかたづかなくなってきて、掃除するにも掃除機ではなく、ホウキとハタキを使うようになった。

「なんで掃除機を使わないの」

「壊れているのよ」

見ると、なるほどか細い音がしてごみを吸い込んでゆかない。パンパンになったごみのパックを取り換えることができないらしい。

また、カミさんは日常の買い物などに行く時、バイクに乗った。帰ってくるとヘルメットを荷台に丁寧に縛り付けている。

「なんでそんなことをするの」

「持って行かれちゃうのよ」

「だってヘルメットは座席の下に仕舞うところがあるでしょ」

座席の下を開けると、名前を書いたものがちゃんとそこに入っていた。彼女が言っていることとは逆だった。

「おかしいよ。お母さん、医者に行ってみようよ」

「どこも痛いところがないのに、病院なんて嫌ですよ」

と渋るカミさんを何とかなだめて病院へ行くと、ＣＴ検査と記憶テストがあって後、私だけが呼ばれた。

「認知症ですね。アルツハイマー型の。昔はボケと言われました」

カミさんの名前は陽子。そのとき六十七歳。年齢からは〝若年認知症〟にはならないが、早い発症のようである。

「どうなるんですか」

「物忘れがひどくなります。いろいろと常軌を逸した行動をとるようもになります。その時、怒らないでください」

そのころはまだ認知症という病気について世間でも大きく言われなかったし、本もあまり見かけなかった。また、医者からもこの病気がどういう経過をたどってゆくのかの説明もなかった。

物忘れは私自身にもあり、例えば、何かを取りに二階へ駆けあがっても、上に着いたとたんに〝さて何を取りに来たんだろう〟と駆けた目的を失ってしまって、そういう自分の老いに呆然とすることがあるから、「物忘れがひどくなる」と言われてもさして気にすることもなかった。

「本人には言った方がいいですか」

「いや、言わない方がいいでしょう」

言う、言わないまでも、陽子の日常は多少おかしなことがあっても、さしたる大きな変化もなく過ぎていき、その中には、通っていた版画教室の友人と一週間のインド・ツアーに参加して、何事もなく帰り、その記憶はわずかであるが三年後まで残っていた。

ある日、五十年近くを一緒に過ごしてきた中で一度もなかったことであるが、カードが私の机の上に置いてあった。

たかゆきさん
誕生日おめでとう
身体に気を付けて、ずぅーといつまでも元気でいてください。
陽子より
２００５・２・13

因みに私の誕生日は二月十六日で、陽子とは二歳上になる。たまたまその日は、北朝鮮のキム王朝の二代目の誕生と同じ日になるので、何かと世間の注目の日であったが、むろん私たちの日常には全く関係がない。

「認知症」の病気としての大きさに気が付き戸惑ったのは、カードをもらった翌年の夏である。

そのころ私は毎年夏になると「ヨーロッパ・ゴ・コングレス」に参加すべく、ヨーロッパへ行くことにしていた。「ゴ」は囲碁のことであり、コングレスは〝会合〟とも訳されるから、〝ヨーロッパ囲碁大会〟ということになる。

毎年七月末から八月初にかけて二週間の会期で開催される。ヨーロッパ圏の各国持ち回りで、その年（二〇〇六年）はイタリア・ローマ近郊であった。因みにその前年はチェコ・プラハであり、翌年はノルウェーとなっていた。

私は平均的な日本人の暮らしぶりからすると、だいぶ変わった生涯を送ってきた。このことは後に触れることになるが、ある時を境に中小・零細企業で働くことが身に合っていき、誘われるままに転職を重ね、六十歳の定年は岐阜県の山の中の〝砂利プラント〟という（コンクリート用材の）砂利・砂を製造する工場で迎えた。

「どうしますか」

と会社から問われて、

「一週間のうち、月火、木金の四日間出てきます。その四日間も私の都合ができた時には休ませて頂くということでよろしいですか」

という全くもって贅沢な条件を承知してもらって定年後人生に入った。

そこそこの年金を貰えることはわかっていたし、それまでの働きづめを変えて、奥さん孝行のためにも旅に出たかった。〝定年が来るぞ〟と知らせられた時、ふと来し方を見ると二人で旅行したことがないことに気が付いたのである。早速かねてから見たいと思っていた中国へ行き、次いで息子が留学していたフィリピンへ出かけ、また国内も北海道、東北、九州と歩いた。

しかし、年中旅行をしているわけにもかないのも当たり前のことで、約束をした日には勤めにもいかなければならないし、そのころ日本の囲碁界を束ねている「日本棋院」のアマチュアの部分の普及指導員になって教室を三つほど抱えていることもあって、熱心な奥さん孝行はできないでいた。

そのような時に「ヨーロッパ・ゴ・コングレス」へのツアーの誘いが舞い込んできた。名古屋の旅行社が、プロ棋士の応援を得て企画した「ウィーン観光とヨーロッパ人と碁を打つ旅・十日間」で早速応募した。コングレスの最初はルーマニアであった。ルーマニアは社会主義体制が崩壊して十年もたっておらず、そこここにその負の遺産が残っていて、勇躍して海を渡った私たちを大きく落胆させた。

会場は国内でも東の端の黒海沿岸で、遠いためか西欧の人々の応援も少なく運営が粗雑で、宿泊施設も十全でなかった。例えばホテルに泥棒が入っても防ぐことができない。その時行ったのは名古屋を中心に二十名ほどの団体であったが、ほとんどの者は「もうこりごり」と言うほどのひどさだった。

しかし私はドナウ・デルタの雄大な景色に感動し、さらにルーマニア囲碁連盟の会長トーマと対戦するチャンスがあり、片言ながらも親しくなって彼らと碁を打つ楽しみを覚えた。私はコングレスの虜《とりこ》になり、毎年、夏が来るのが楽しみな生活となった。

その頃から「ヨーロッパ・ゴ・コングレス」がよく知られるようになり、日本からの参加者が増え、国別参加者数では主催国以外の一、二位を占めるまでになり、夫婦で参加する方も多く見られた。夫婦とも碁を打つ方ならまったく楽しい旅行であろうが、旦那が碁を打っている間に奥さんの過ごし方は、市内を観光したり、会場に来て（言葉に不自由しなければ）そこへ来るヨーロッパじゅうの人との歓談を楽しみに時間を使うことができる。ヨーロッパでは女性の碁打ちが目立つから、歓談のチャンスはたくさんある。

私も陽子を同道することを一時は考えたが、あることをもって断念した。

ヨーロッパへ行けば必ず会うが、日本ではなかなか会えない人の一人が、たまたま「近所に来たので」と尋ねてきたことがあった。京都の人である。早速夕席を持つことになって陽子を伴って案内した。

席が進むうち、陽子はその客人が囲碁仲間であり、しかも囲碁を打つためなら飛行機に乗ってヨーロッパへも出かける人であることを忘れた。ばかりでなくこう言った。

「大の大人があんな白と黒の石を並べて何が面白いんでしょうかね」

しかもその晩は饒舌だった。京都から来たというのではしゃいでいたのかもしれない。陽子はもともとあまり出しゃばらないたちであったが、一時やたらと言葉が多くなった時期があり、それはその時にあたっていた。

客人は目を丸くして私の方を見、そして苦笑した。事前に「認知症で失礼なことを言うかもしれない」と囁いておいたので苦笑して別れたが、ヨーロッパまで行ってそんなことを口にされたら目も当てられないだろうと思えた。

しかし、夏になると私がソワソワするのを横目で見ており、ほんとうは一緒に行きたかったのかもしれない。以前は一向に進まず中断していた英会話教室通いを復活させ、家でも一生懸命辞書を引いたりしていた。

陽子は、以前からの習慣で書きものを食事テーブルで行う。いつもは勉強を終えるときちんとかたづけているのだが、ある日、参考書や辞書やノートがテーブルにそのまま投げ出してあった。何の気なしにノートを覗くと、内容が全く乱れており、教室へ通っているのが負担になっているのがありありとわかった。

「辞めたら」

と言おうかと思ったが、かえって意地になることがあったのでそのまま様子を見ていると、英会話教室の時間になると犬を連れて散歩に行くようになり、自然と不登校のような形で英語の勉強も立ち消えてしまった。

勉強をしようとする意欲を作り出す脳の部分がついてゆけなくなったのか、そういう意欲そのものが消えてしまったのかはわからない。

二〇〇六年の夏、イタリア・ローマでの「ヨーロッパ・ゴ・コングレス」からの帰りはいつもの年と違って、酔いはすっかり覚めていた。

帰国の前日、かつてのローマ帝国の遺跡を訪ねようと仲間で歩いた。カピトリーノの丘に立ち、ガリアの地を遠望するカエサル（シーザー）の像を仰ぎ、ふもとを流れるテレヴェ川とその向こうに広がるヴァチカンを眺め、木陰を得て韓国の大学生と歓談している時に、風が通った気配がして私の荷物が消えていた。お金、パスポート、航空券などがなくなって呆然としたが、不幸中の幸いで、その時の同行者の骨折りとイタリア囲碁連盟の中の日本人のスタッフ、それに大使館員の親切に救われて、予定の飛行機に乗ることができたが、疲労はあった。

そういう状態で日本に着き、名古屋駅に至って電話した。

「そう。こっちに着くのは何時ごろ？　それじゃバス停まで迎えに行くね」

返事にいつものように弾んだものがなかったのでおかしいなと思いながらも、迎えに来るならいいとした。が、待てども来ない。バス停からだらだら坂を十分ほど、ヨーロッパの乾いた夏になじんだ肌を重苦しい湿った暑さに苦労してのぼり切ると、陽子は家の中で座っていた。

「おかえりなさい」という言いようが、居候が帰って来たかのように他人行儀であった。

「昨日の朝出て行ったきり連絡なしで、どこへ行っていたのよ」

「名古屋駅から電話したでしょう」

「そうだったかしら」

訝《いぶか》ってよく見ると、目がうつろであった。

そして、机の上に半ば殴り書きしたものがテープで止めてあった。

陽子はこういう殴り書きというか、メモというか、心の内を吐露した書き付けを、これを最初として何十枚と書いたが、初めてのものだけに文字も文もある程度しっかりしている。これが病状が進むと支離滅裂となってゆくので、その書き付けを並べただけで病気の進行がほぼわかる。

認知症は、後々思うに孤独が一番いけないようである。その症状にはいろいろなものがあって、一つに〝幻覚〟がある。私たちには見えないものが一人きりになると現れてきて、何かと囁くらしい。

認知症と、昔から言われている「ボケ」とが同じものか違うものかはわからない。私たちの母親ないし姉までの代は、子供が多く、亭主の稼ぎだけでやりくりできる家は少なく、子を育てながら何らかの形で家計を支えるように働き、日常でも炊事、洗濯、繕いものと休むことがなく、それが終われば今度は孫の世話で、ボケている暇もない一生だったと思える。

我が家の子は三人であったが、長男だけが同居しており、今どきの男の通例で結婚をしていない。朝出かけ、遅くなって帰ってくると義理のように夕食を済ませ、自分の部屋にこもってしまい母親と言葉を交わすことはほとんどない。そのうえ母親が発病すると「俺の部屋に入った」「入らない」と喧嘩腰で怒鳴りあうだけだった。

私がいない約二十日間の間、ただ子供時代を過ごした東京品川のセピア色のたたずまいを病んだ脳に浮かべて、自分がなんでそこにいるのかということばかり、堂々巡りの思いをめぐらせていたのではないかと思える。

その日の夕餉のおかずはアジの干物一枚だった。翌朝も同じである。昼は「ラーメンが食べたい」というので連れて行ったが、夕食はまたアジ一枚であった。

「お母さん、お金ないの」

「お金はその引き出しに入っているわよ」

「そうじゃなくて、おかずを買うお金がないのかと聞いているんだよ」

「これはきらいなの？」

認知症の発症は波があるように見えた。

「よし、明日からご飯の支度は俺がやる。全部やるからお母さんは何もしないでいい」

「そう。全部やってくれるの。よかった」とにっこりとした。笑顔になると陽子は穏やかでいい顔になる。

私たちにとって幸いなことに、私は料理を面倒なことだと思っていなかった。普段からやっていたわけではないが、およそ物を作る作業には抵抗がなかった。

その年、少し涼しくなった九月に、かねてから陽子が行きたいと言っていた佐渡へ四泊五日の旅をした。行きは穏やかであった。

佐渡は江戸時代には天領地で裕福だったせいか、古い文化を残している。

島内はレンタカーで回ることにしていて、最初に佐渡の能を見た。すると途端に幻覚が始まり、収まりがつかなくなってしまった。

「あんなお化けなんかと話をするなんて嫌なのよ」

座った席が温まらないうちに「出ようよ」と言ってきかない。そして車に乗ると言った。

「どこか電車の駅で降ろしてよ」

「ここは電車はないよ」

「なんで電車がないの。そんな田舎なの。どうしてこんな田舎へ連れてきたのよ……バスはあるでしょ。バスの停留所でもいいわ」

「どうするんだよ」

「帰るのよ」

「帰るっていって、帰り道わかるのか」

「聞けばいいんでしょ」

　とにかく降ろせの一点張りで、ハンドルに手を伸ばすので危なくて仕方がない。降ろすと片側は堤防を隔てた海、片方は畑の道を、何か目的があってのような歩調ですたすたと行く。もともと歩くのは苦にせず、朝晩の散歩は欠かしたことがない。

　陽子は脇道に入ることがほとんどないから、ゆっくりと付いてゆく。時間にして十分ほど歩くと、畑に出ている人を見つけ声をかけている。たぶん「品川へ行くにはどう行ったらいいのか」と聞いたであろう。品川とは東京の品川のことで、陽子が生まれたところである。聞かれた方も返答のしようがなくて困ったに相違ない。

　ぼんやり立っているところへ行って車のドアを開けると、それでもほっとした様子で乗り込み「来てくれたの」と言った。

　島内を移動しながら回ってゆく旅で、最初のホテルで「佐渡おけさ」の歌と踊りのサービスがあった。本場で見る「おけさ」はしんみりとさせ、陽子もハミングで和しながら見ていてある程度落ち着いたのか、翌日はやや平穏な一日が過ぎた。

　佐渡には昔の金山がある。その坑道の一部が観光施設になっていて、案内に従って歩くとその過酷な作業がしのばれる。途中、うす暗い中で作業する人形を見て陽子は「わっ」と言って、また幻覚を見てしまった。そうなると「出ようよ」から始まり、車に乗れば「帰る」「降ろして」と大騒ぎになる。そんな繰り返しでは旅にもならないので日程を短縮して引き上げてきた。

それから、つききりの「介護」が始まった。

私はそのころには嘱託みたいな仕事はすでに断っていて、責任のある業務といえば囲碁の普及指導員として抱えていた三つの教室だけだった。教室を増やそうという相談も含めてすべてを断り、ほかに読書会も失礼して、家での介護だけにした。

そんな矢先、町内会から「輪番制の順で町内会長を」と言ってきた。

「妻が病気なもので、誠に申し訳ありませんがパスさせていただけませんか」

「病気って、毎日一緒に散歩しているではありませんか」

「認知症という病気です。一人にさせておくわけにいかないんです。徘徊が始まるとどこへ行くかわかりません。警察に三度も厄介になりました」

「しかし輪番を変えると混乱が起きます。息子さんに手伝ってもらって何とかできませんか」

「日常的に誰かついていてやらないといけないんです」

「でも町内会員である以上……」

「では町内会員をやめにして、瀬戸市民だけにしてください。税金を払っていますから市役所から直接連絡をもらえるよう言います」

「そんなわけにはいきません」

「それではどうすればいいんですか」

結局、市役所の仲立ちで民生委員とも相談して、年当番だけで了解してもらった。そのような行政との折衝の過程で、国の介護制度の様子も知った。また市役所からも病状の調査に来て「要介護3」の判定書を送ってきた。それをもとにデイサービスへ通うようになったのは平成二十年（二〇〇八）六月のことで、佐渡旅行から二年後である。

「要介護」というのは数字が大きくなるにしたがって介護の手助けの割合が多くなるという意味で、1はおよそ「時々変な行動をとる」という段階。ここではまだ買い物はできる。2はひとりで散歩に行っても帰ってこられる状態。3になると一人で散歩に行った時、自分がなぜそこにいるのかわからなくなるらしい。したがって帰ってこられなくなる。4は以上の上に車椅子。5は寝たきり、というのが大雑把な見当である。

認知症は記憶の欠けるのが主な症状である。しかし、すべて忘れてしまうわけではない。

私たちの住んでいるところは愛知県瀬戸市。セトモノのセトとして名のあるところで、名古屋市を東に進むと山塊に突き当たり、その道が高みになるところに位置する。人口は十三万。セトモノを作ることを中心とした街から、名古屋市のベッドタウンらしくなりつつあるが、器を作る街の伝統はあって、町の大きさからすると喫茶店の多い町である。数えたことはないが（一時よりだいぶ少なくなったが）まだ百軒はあるのではないか。

陽子が散歩した後などで「コーヒーが飲みたいね」と言った時、入るのはその百軒のうちの三軒だけである。あとは「暗い」とか「店の人が気に入らない」とか「まずい」とか、とにかく入らない。病気になる前はそんなことはなかった。しばらく行っていないからもう忘れたろうと試しに行ってみても「ここは嫌だよ」と必ず言う。

しゃべったことは口から出たとたんに忘れるほどであり、バラを見に行っても帰りにはもうどこへ行ったのかも覚えていないのに、そういうことはきちんと覚えている。まことに不思議というよりほかにない。

そうこうしているうちに介護の負担が大きくなって、デイサービスに通うようになった。

最初に行ったデイサービスには一週間に一日だったが、家から歩いて五分くらいの近くにあった。歩いて連れてゆけば帰ってきてしまいそうなので、わざわざ車で大きく遠回りして行ったが、そこへ行き着く路地を曲がると「あそこへは行きたくないよ」「うちへ帰ろうよ」と言ってなかなか車から降りない。なだめすかしてやっとおろしても路地を出て家の方へ帰ろうとする。

そこで版画をやっていた時の作品を玄関に置いてもらい、引きずるようにして玄関に入れ、絵をほめたり、職員に「陽子さんよく来たね」と声をかけられると直前まで頭の中にあったものがすとんと消えてしまうのか、素直になる。入ってしまえばそれなりに一日を過ごし、夕方迎えに行って「よかった?」と聞くと「よかったよ」と和やかな顔で答える。

しかし、朝の拒否反応は日増しにひどくなり、そのあまりの強情さにそこへ連れてゆくのに罪悪感を感ずるまでになり、三カ月ほどで遠くのサービス所に替わった。

デイサービスの行き来は迎え送りのバスが来るが、一度乗せようとしたら嫌がって乗らないので車で行った。朝早めに出て公園などを散歩し、時にはコーヒーを飲んでから連れてゆき、「お母さん、あそこで洗濯を手伝ってくれと言っているよ」と降ろして、職員に「陽子さん、今日はいっぱい働いてもらうからね」と言われると素直について行った。

デイサービスは毎日は受け入れないので、ケアマネージャーと相談し、ほかのサービス所にもお願いして二日、三日と増やしてゆき、毎日になると生活にリズムができてきたのか、幻覚による殴り書きや、無茶苦茶な厚着=シャツ上着を十五枚も、ズボンを七枚の重ね着をする=が減ってきた。また公立病院の診察が素人目にも雑なので、隣町の専門医に変えたが「あなたが思っているより病状は進んでいます」と医師は言った。

全体としての病状が大きく進んだのは、デイサービスが年末年始の連休に入って生活のリズムが変わった時である。

そのころの日記を見てみる。

＊

【平成二十二年（二〇一〇）一月十四日（木）晴れ】

落ち着かない日々が続いたが、久しぶりに〝デイ〟に連れて行き、これからどうしたものかと思っているところである。

正月に約一週間家にいて、すっかり変調をきたしてしまったようである。四日からの一週間は何とか過ぎたが、九日（土）の夜、嘔吐をしてから変調が続いた。

最初は十二時ころである。起きてごそごそしているので、「どうしたの」と聞くと「あげちゃったの」と言って、手に吐いたものを載せている。慌てて紙にとってやり、バケツを持ってくるとそれに吐いた。その日の夕食は驚くほど食べた。さつま芋の甘煮（中一本）と玉ねぎの団子揚げ、コーンのちぎり揚げをほとんど一人で食べ、それまでが少なかったので安堵していた。

嘔吐はその後も一時間おきに二回も出、口をすすいで寝かせたが、こちらは寝もやらない。

朝は六時の定刻に起きだす。「もっと寝よう」と言っても「起きる」と言ったものは変えない。むろん前夜のことは覚えていない。トイレに行けばパンツを濡らし、取り換えのひと騒動をする。

日曜日は何となく過ごし、月曜の朝になって下痢をした。下痢をすればパンツばかりでなく便器や床を汚す。風呂が沸くまで、そこいらを歩き回らないように抑えながら、汚れたものを集め、風呂の沸くのを待って大騒動しながら入れる。

しかし、それからめっきり食事量が少なくなった。

十二日、デイに連れて行ったが、熱っぽいので帰すと言われ、その足で病院に寄り、点滴を受ける。「明日も来てください」と言うので行き、点滴を受け終わると「血液を見る限り白血球量も減り、胃の炎症もよくなっているようだ。熱も下がった」と言われる。

朝、雪が降り、寒かったが天気もよくなったので藤岡（隣町）の公園まで散歩に行き、静かに過ごした。

心配なのは食事量が少ないこととティッシュを噛むことである。また、ご飯でもおかずの魚でもいつまでも咀嚼していて飲み込まないこと。「お茶でものみなよ」と言うとたまには言うことを聞く。

【一月十五日（金）晴れ】

夜十一時過ぎに起き、小用に失敗し、三十分かけて着せ替える。

当人はすぐ寝てしまったが、こちらは目がさえてなかなか寝付けない。いろいろなことがさえた目の内側を去来する。

……朝「お父さん」と起こしても起きないようだったら、悪いけど先に静かなところに行ってしまったと思ってあきらめてくれないか。

……そうしたら、私一人でいるのもつまらないから、私も横でそのまま寝ているよ。

こんな話は本で読んだのか、ひとの話だったのか覚えていない。こんな会話が陽子との間でできるようだったらよかったと思う。

「ショートステイ」というものがどんなものだか明日聞いてみよう。


【一月二十二日（金）】

晩ご飯の仕事をしている時に、いつもの如くドーナツを食べさせる。

半分くらいはおとなしく食べていたが、あとは箸を持って歩き回っている。

できたおかずをテーブルの上に持って行ったりする。その時、足が〝ペタッ〟と音をさせるので見るとクリームが踏まれている。

掃除しようとしゃがむ拍子に、陽子が座っていた椅子の布団がぐしゃぐしゃに濡れていて小便のにおいに気が付く。

「お母さん、パンツ濡れているね」

「そうかもしれない」

「着替えようか」

「うん」

夕餉の支度と着替えを同時にする。

落ち着くとおかずをせっせと食べ始めた。ドーナツが半分だったのも尻のせいだったのだろう。

ショートステイは二月末から始まった。これはホームに入る予行練習みたいなものである。二日、四日、一週間と、間を置きながら一人での宿泊の練習をした。

春の終わりごろ、そうしたステイなりデイなりから帰った時に、車から降りるとあらぬ方向へ歩き出すようになった。家は車から降りると十五段ばかりの階段を上がるようになっている。

「お母さん、こっちだよ」と言うと、

「ここを上がるの」

と初めて見る家のように、わが家を見上げた。

風鈴はデイサービスに通っているころ、手作業の練習として作られたものである。物干しざおの端に吊るされて、風がなくても洗濯物を干す時、季節にかまわず涼やかになる。

平成二十三年（二〇一一）八月、陽子は部屋の空くのを待って、風鈴の季節になった時にホームに入った。

特別養護老人ホームは清潔なところである。その清潔さは台所のにおいがすることでもないし、新聞やそれに広告が散らかっているところのない清潔さで、この世の人が黄泉の国へ渡る前に順番待ちをするようなところであるとも言える。

陽子もここへ落ち着くと、笑うことも怒ることもなく、しゃべることも少なく、〝生〟の輝きが乏しくなった。そして日を追って身体全体が小さくなっていった。

私は一日おきくらいに外へ連れ出し公園や花のあるところを散歩した。外へ出ると和やかな顔になるのがわかったが、話すことは少なかった。歌を歌うと口の中で和していた。散歩する時は以前のように手をつないで歩いたが、それも半年を過ぎると転びそうになってままならなくなった。

そこで夏も冬も大きな気温の変化のないホームの中を歩いた。ホームは広く、二階にはほぼ正方形の回廊廊下があって、一辺が四十メートル弱もある。そこを手をつないでゆっくり歩くとあまり病状の進んでいない人から声がかかり、陽子はちょっと私を見てほんの少し頬をゆるめる。微笑したのかもしれない。あるいは私の思い込みであったのかもしれない。

「どうしますか。胃に直接栄養を入れる治療を望まれますか」

冬が終わり木々が芽吹く頃そう言われた。私は「泣いたり怒ったりすることができるなら、長く世にある方がいいかもしれせんが」と答えながら、陽子にとっては何処をどう走っているのかもわからないまま子供のころを思い出していた時期が一番いい時期だったのではないかと思ったりした。

陽子は、多くの順番待ちの中で特別はやいコースを許されたように、ホームに入ってから一年もせずに駆けるように向こうの世界へ行ってしまった。

長い眠りについたときの顔は、約五十年共に暮らしていた時には垣間も見せなかった品を持ち、極楽に行く時はこういう面立ちをするのかと見とれるほどであった。

私たちの世代のものは戦争と戦後の日本が一番貧しい時代に育ち成長した。中でも私の家もそうだったが、陽子の生家も貧しく、同じ「ヒン」でも貧の中で暮らしていたが七十四年で、その貧を品に変えただけでも良かったのかもしれない。

わが妻は迦陵頻伽と会ひたきか
　菩薩の面立ちきょう旅に立つ

＊

【六月十四日（火）晴れ】

陽子が三途の川を渡ってからもう十日も過ぎて、すぐ二週間というのに、何も手につかずぼんやりしている。

夜、寝ていても、寝ているのか醒めているのか自分でも判然としないまま横になっている。時計を見ると夜の十二時だったり、三時だったり、また朝の五時だったりする。

起きても頭が重く、眠くもある。そうかといって寝ようとしてもなかなか目が閉じない。したがって昼間は眠くて仕方がない。ついつい寝床に転がって小説でも読みだすとすぐ半日が過ぎてしまう。

うちの庭は小さいけれど雑草にとっては住みよいところらしく、競って腕を伸ばしている。きっと外から見ると廃屋のようだろう。

小松菜

陽子が病院で『認知症』という診断を受けたのは二〇〇五年で平成では十七年にあたる。この年、私たちの住んでいる愛知県・瀬戸市では、万国博覧会『愛・地球博』が開かれた。

この『愛・地球博』の開催までは多難であった。その一〇年前に東京で、『世界都市博覧会』が開催することが決まっていたものを、「反対」の旗を掲げて都知事に圧倒的な票をもって当選した、青島幸男が「公約どおり」と言って中止してしまい、その余波が色濃く残っていた中での開催運動だった。

例えばそのころ行われた参議院選挙では、三名の議席の一つが、世間的には無名な女性候補が「万博反対」を看板にして当選するなどのこともあった。

その一方で、私の友人の時計屋さんMは、大阪万博「一九七〇年のこんにちは」の感激が忘れ難く、「自分の町に万博が来るなら」と大はりきりに張り切って、自腹と親戚友人を誘って「万博誘致・勝手連」を立ち上げ熱心な活動をしていたが、ある時「市が応援しているように受け取られると反対派を刺激するので、市とは関係がないということを表明してください」と、本来ならば率先して駆け回る当該市すらそうした腰の引けた始末であった。

そのようないきさつの最中、会場予定地とされていた森に絶滅危惧種のオオタカが住んでいることなどもあって、メーンの会場は、隣町（長久手市）の公園に行くことになった。結果的にはその方が交通の便が良く、あとから思えば、そのことが万博というイベントを成功させたようである。

さらにこの万博では、私の知り合いの寿司屋さんの次のような話もあった。

彼は市内に店を一軒持っていたが、先ほど述べた時計屋さんMの友人でもあったので、Mの勝手連となり、陰ながら応援していた。そしてオオタカの件が持ち上がった時、「万博はもう終わりか」と思わせるような雰囲気になって、メーンが隣町に行くことになった頃は全く評判が悪く、おおよその計画図ができて食堂などの出店希望者を募っても一流のところはどこも手を挙げなかった。

そこで彼は、会場のほぼ中心に位置し、街の寿司屋としては法外に広い一角の権利に投資した。

「Mさんの活動への賭けですよ」と言った。

賭けは見事に当たり、会場への入場者数があふれたように、彼の店も会期中目の回る日が続いた。彼はひと財産を成した。

囲碁の世界の中に、「世界アマチュア囲碁選手権戦」という会がある。文字通り世界中で囲碁を打つ人たちが、年一度集まる会であるが、今は日本、中国、韓国などの持ち回りとなっているものの、先の万博のころは日本で開催されることになっていた。開催したい都市は手を挙げて選ばれるのであるが、私たちはその三年ほど前から「名古屋・瀬戸」での開催の運動をしていて、たまたま愛知万博が決まった時、その機会にということで、行事の一つとして加えられた。

選手は各国一名で、この時は六十四カ国が参加した。日本、中国、韓国、台湾などは上位国として当然で、ヨーロッパからの参加国が多かった。ヨーロッパから来る連中は当然「ヨーロッパ・ゴ・コングレス」の常連でもあるから、会が開催されれば必ず三、四名の顔見知りが入っており、その年もチェコ、スロバキア、ボスニア・ヘルツェゴビナなどの代表は旧知だった。

そこで、私たち名古屋近在の囲碁狂いたちはコングレス常連に「万博見物と囲碁交流の会」を催すと声をかけた。するとそれに応ずる囲碁狂いもいて、東京、京都、下関から七名も集まって、一日会場を歩き、先ほどの寿司屋さんの応接も受けた。そして翌日は会場で行われた世界選手権戦のオープンセレモニーに参加すると、夜には地元の碁狂い同士の交流会をし、さらに次の日は名古屋城の近くで行われる世界選手権戦の対局場に赴くなど三日間のお祭り騒ぎに酔って過ごした。

更にその年の夏の「ヨーロッパ・ゴ・コングレス」はチェコのプラハで開催する予定でもあったので、かねてから一度は訪れたいと思っていた地に立つことの楽しみで頭はいっぱいだった。

プラハは私がものを考える上でのキーポイントのような都市であったし、現実にその地に立つと想像していた以上の感動があった。

そんなこんなで私は万博が始まっても碁のことで夢中になっていて、病気の陽子を放っておいて飛び回っていた。だいたいが陽子の病気をそれほどの重病だと思っていなかったし、定期的に通っている病院の医師の態度からもそうした緊迫感は伝わってこなかった。

「夜はちゃんと寝られますか」

医師が陽子に聞く言葉は決まっていた。

「はい、ちゃんと寝られます」

陽子がオウム返しにこたえると、私に向かって聞く。

「何か変わったことはありますか」

「さあ、特にありませんが、変わったと言えば最近イライラする様子を見せることが多くなったような気がします」

「それでは精神安定剤を増やしてみましょうか」

一時間以上、時には二時間近くも待って、そんな三分とかからない会話というか、診察というものかが終わることからしても病気に対する懸念の大きさを持ちようがなかった。

その病院で「認知症」という診断をされたのは神経内科というところであったが、その後、半年ほどして「メンタル・クリニック」へ行けと言われ、その診察が続いていた。メンタル・クリニックは文字どおり解釈すれば精神診療となるが、どうしてそうなったのかは無論私たち素人にはわからない。

ところですべての物事には両面がある。チンギス・ハーンはモンゴルでは英雄だが、東欧諸国の民にとっては悪魔に等しき存在であるし、子供が元気に飛び回っているのは「活発」とみられるが、別な面からは「落ち着きがない」とも言えることがある。

先ほどの、医師の言った「精神安定剤を増やしましょうか」というのはおとなしくさせるためであろうが、精神活動の高揚や多感さを萎えさせることにもなるのではないか……という疑問を持ちつづけていた。しかし、それはまだ陽子にとりついている病魔の「魔」の姿を見なかった時でもあった。

後から思うに、そのころの公立病院では認知症についてどう対応してゆくのかよくわかっていなかったらしい。

万国博覧会は半年という長い間開かれていた。広大な会場にたくさんの見所があって一週間や十日ではとても回り切れるものではなかった。「三日にあげず」という言葉があるが、それほどではないにしても、私たちは「通し券」を買って一週間に一日くらいの割合で通った。

瀬戸市の中にサブ会場があり、近くに駐車場があって、そこからバスに乗ると会場まで連れていってくれ、そちらの方はほとんど並ぶことなく入れる。メーン会場へはゴンドラに乗る。

歩くことにかけては私より陽子の方がずっと達者なので、後ろをついて歩いた。彼女はロボット館に行くのを好んだ。またその前にある観覧車にも乗りたかったようでもあったが、そちらはいつも混んでいた。

「あそこへ行こうよ」と言うと、こちらの同意の有無にお構いなしにロボット館へ向かってすたすた歩きだし、スケジュールなど構わずに入ってゆく。

「今日は休みなのかしら」

彼女の目当てはホンダのロボットが並んでダンスをするもので、そのころは時々不自然な行動をとることはあっても、記憶はまだしっかりしていたようであった。

「そこに時間表があるでしょ。……まだ三十分もあるよ」

「それじゃ〝坊や〟のところへ行こうか」

奥に球形のものが何個か置いてあって、それに触れると目鼻立ちが浮き上がってきて「こんにちは。よくいらっしゃいました」などとあいさつするロボットがあった。それと二こと三ことの会話をして微笑むさまは幼児と同じであった。

陽子が大変な病気にかかっていると身にしみて感じたのはその翌年、夏の約二十日を留守にし、「ヨーロッパ・ゴ・コングレス」のためにイタリアへ行って帰って来た時である。いつもは帰ってきて空港から電話すると、時間を確認してバス停まで出てきていたが、その年は迎えがなかった。電話に出た時は「迎えに行く」と言っていたのに、顔を合わせると、

「昨日の朝出て行ったきり連絡なしでどこへ行っていたの」

遠くを見るぼんやりした顔で言った。

「認知症」は物忘れがひどい病気だとふつう言われる。確かに病状が嵩じてくると、自分が何人の子供を産んだのかさえ忘れてしまうようだが、そのほかに常人では及びもつかない行動をとったりする。その中に「幻覚」がある。

私がいない間にたくさんの人が来たらしい。普段使っていない部屋にこんな張り紙がかかげられていた。

どこにおいてある品物でも、むだんで自分のものとして持って行かないでください。

非常にこういうことが多いのでびっくりしています。

これではドロボーの巣の中にいる気持ちです。

ここにいる人々はドロボーではないので、人の物を聞くことなくして自室への持ち帰りはやめましょう。

もし、しばらくこれで様子を見て変化がないようでしたら、警察にも相談に行くつもりです。

皆様も注意して楽しく暮らしていかれるように協力してください。　町井陽子
（原文ママ。句読点は補筆した。以下同）


「誰か来たの？」

「いつも来るのよ」

「知っている人？」

「たまに知ってる人もいるけど、ほとんど知らない人よ」

「男の人？」

「女ばっかりに決まっているでしょ」

「来て何してるの？」

「歌を歌ったり、こそこそ話して笑ったりして、私が行くと知らんぷりするのよ。いやらしいったらありゃしない」

「今日は来ていないの？」

「お父さんがいる時は来ないに決まっているでしょ」

私はそのころはまだ日本棋院の普及指導員をしていて、週に三日ほど家を半日空けることがあった。そうするとまた張り紙が出る。

なんで私を置いて行ったのですか
誰もいないからずーと待っていました。
今も人間口があるのだからちゃんと話してください。
それができない人なら心が通じ合わないから仲良くすることはできないでしょう。
今回のことで貴女たちがどういう人たちか少しわかった気がします。
しかし、今後のことは不可能でしょう。

とくに町井孝行をうらみます。　陽子

私の家はいわゆる〝建売〟である。私は三重県の松阪の在の明和町というところでナマズの養殖を四年間していて、養殖そのものはある程度成功したが、経済的には失敗して金を使い果たし、瀬戸に誘われて来た時には余裕がなかった。

二年ほど県営住宅で過ごし、そこそこ落ち着いた時には、男二人女一人の子供たちは高校から大学へ通う時期になっていた。しかし、瀬戸市から迎えに来てくれた工場の待遇は恵まれていたので、建売とはいっても〝家を買う〟という大きな出費をすることができた。

家は二階建てである。下は台所と風呂トイレのほか二部屋があり、二階は三部屋で、子供たちが家にいる時はそれぞれがひと部屋を使っていた。次男は大学を出ると就職先の地へ出てゆき、前後して一番下の娘が結婚し二部屋が空くと、その一つを私がパソコンを習って占領し、もう一つは夫婦の寝室とした。

長男は大学を出たのち、セラピストの勉強がしたいとフィリピンの大学へ行き、そこで日本で暮らすには馴染まない習慣を身につけてしまった。

日本に帰って来た時、その経験をもとにした小説を書いて若者向けの文学賞を受賞、さらに小松左京賞を得たことによって、その味を占めたまま孤独な暮らしに入り一部屋の主で居つづ

けていた。

私と陽子は、夕食後でも、まだ動き回れるうちはそれぞれ勝手に過ごし、私はやっと落ち着いて打てる碁会所へ通い、陽子は版画や英会話の教室やコーラスなどに行っていた。

そうこうするうちに、いつのころからか夜分に外へ出るのがおっくうになり、夫婦で早朝と夕食前に犬とともに散歩をするようになった。私はよほどのことでないとテレビも見ずに、夕餉のあとは二階の部屋にこもり、長男は相変わらずいつ帰ってくるかわからない日常である。したがって夜分は陽子一人が一階の住人となっていて、張り紙の出るのはそんな日であった。

ある日、下の部屋の張り紙が出る。

ここにお住いの皆様へ
ことわりもなしに自由に私の部屋に入らないで下さい。
物がだいぶ無くなっています。
無断で部屋に入った人を調べて、その方に疑いがかかります。お互いに気分が悪いことですから、無人の部屋に入らないでください。
町井陽子

この部屋はせまいのでここから出て行って。

わたしの家族がねるところに困っていますので、すみませんがこの家から出て行ってください。お願いします。

町井陽子

これらは家の中に貼ってあるので、「お母さんもいろいろな人の面倒を見なければいけないから大変だね」と笑いながら言っていても済むが、ある日、「困った、困った」と言って、「これを道路のところのコンクリートのところへ張ったんだけどうまく付かないのよ。貼れるようなところを作ってよ」と言った。

見るとカレンダーの裏に大書されたものである。

急告

町井宅にかざってあった男子用の人形、よろいかぶとをかぶっていた、まだ新しい人形です。

大切なものですので返してください。

戻ってこないときは町井が一軒ずつ家に出向いて調べさせていただきます。

町井孝行

陽子

「お母さん、この人形って、春樹（長男）が生まれた時、品川の親父さんから送ってくれたものでしょ」

「そうよ。ずっと大事にしていたものよ」

「あれは瀬戸へ引っ越して県営住宅に入る時、クレーンで荷物を三階に挙げようとして落としてしまって壊れてしまったんじゃない」

「そうだったかしら。だけど昨日までここにあったのよ」

「でもここに来た時にはもうなかったのだから近所の人は誰も見ていないよ。だからこんなの出したら吃驚《びっくり》しちゃうよ」

「だけどいろいろな物が無くなるのよ。いやんなっちゃうよ」

いろいろな物が無くなるのは、絶えずかたづけて（本人はそう思っているらしいが、実際は散らかして）それを忘れてしまうからであるが、それが幻覚と重なるのである。

幻覚は一人でいる時によく現れるらしい。病状が進むにつれて深化してゆき、病んだ精神を更にむしばんでゆく。

「味付けは、サ、シ、ス、セ、ソよ。いい？この順番に入れるのよ」

「勝手」という言葉はいろいろな意味に使われる。「勝手を知る」と言えば、道具などの特徴をよく知って使いこなすことだし、「自分勝手」となれば、わがままで他人をおもんぱからないことである。「勝手を預かる」は、大きくは国の、小さくは家庭の金銭の出入りを差配することで、普段には家庭のまかないを担当することを言う。

イタリアであった二〇〇六年のコングレスから帰った時、食事の状態があまりひどいので「交代するよ」と言って代わったところ、

「そう、全部やってくれるの」

陽子はそう言って微笑み、おかずを作る要領について教訓を垂れた。そして最初に言ったのが、サ、シ、ス、セ、ソである。サは砂糖で、シは醤油と塩、スは酢のことでこの順番に入れてゆくのだという。

「セ、ソは何だい」

「そんなのはどうでもいいのよ。それからミリンを入れるのよ。これは少しでいいからね」

少々いい加減のように思えたが、朝晩と翌朝をアジの干物で済まして平然としているにしては多少まともなことを言った。

病院で認知症という診断を受けてから、ほぼ一年と少しを過ぎたころのことである。認知症も病気の一種であり、よってすべての病気と同じように、ある日突然病気になって今までてき

たことができなくなってしまうことではない。まして風邪のように咳が出るとか、のどが痛いとか、そういう症状があるものでもないので、いつ病気の領域に入ったのか判然としない。

　認知症は脳の病気であるから、本人はむろん気が付かないが、まわりの者も「おや」と思うことがあっても、それが病気だということまで気が付きにくい。また波もあって、変調がつづくこともあれば、そういうことを感じさせない、ほぼ平常な生活の中にある時期もある。

　私が〝勝手を預かる〟のは、その変調が日常に目立つようになった頃と言える。それ以前にも、冷蔵庫を開けると何か雑然としている中にどんぶりにご飯が二、三盛ってあるのを見て、「チャーハンを作ってやろう」とニンジンをゆで、ソーセージの賞味期限を確かめて作ることがあった。

　そんな時、素直に「おいしいね」と言うのは三度に一度で、ほとんどは「塩加減が濃い」「ニンジンが柔らかすぎ」「量が多い」と、食べるくせに一言あったりした。だんだん冷蔵庫の、とくに下段の野菜入れが満タンになり、いずれ台所を代わらなければいけないと思っていたので、気持ちの上では準備ができていた。そのうえ私にとって台所仕事が一向に苦にならないことが私たちに幸いした。

　それは何よりも小松菜に出会ったことである。スーパーで野菜類、とくに青物の真ん中に小松菜が王様のように盛り上がっているのを見て私は感激し、しばしそこに佇み、少年のころの菜の花の上に舞う蝶の絵を思い浮かべた。

私は東京の東のはずれの江戸川区小松川の生まれである。子供のころ正月のお雑煮に入れる菜は小松菜で、ここが原産だと聞かされて育った。

東京の東は江戸川が千葉県との境になっている。江戸川は北の埼玉県から流れてきて葛飾区で東京に出会う。そこに矢切の渡しがあり、寅さんの生地柴又の帝釈天がある。それを少し下ると江戸川区である。江戸川区の反対側、江東区の境は荒川放水路で区切られている。

ところで東京は隅田川ということになっている。もともと宮城《きゅうじょう》から東の東京の下町というのは、荒川と江戸川のデルタであり、隅田川はその荒川の一つの分かれであった。明治末、隅田川に大量の水が流れないように、荒川本流を隅田川に分岐するところから、東京湾へ直線的に流す放水路が開削された。その下流一帯を小松川という。大きなデルタの中にそのような名の川が流れていたのかもしれない。

放水路は直線であるために、旧来の小松川の一部が分断されたが、江戸川区として残った。残った人はその地を「西袋」と呼んだが、小松川の一部であるために小学校ができると、「小松川第一小学校」と付け、以下、第二、三、……となって私は第六小学校の生徒であった。

その西袋の中にＪＲ（国鉄時代の省線）の駅は「平井」と名付けられていたので、戦後一時生徒が激減した時に小学校名も変わったようだが、高等学校や中学校はまだ〝小松川〟を冠している。

私は「律義者の子だくさん」あるいは「生めよ増やせよ子は宝」の時代に生まれ、十人兄弟の八番目であったが、小学四年の時の東京大空襲の日は、母親の一周忌でもあった。その後の未曽有の食糧難の時代に年の離れた姉が台所に立った。

彼女たちが嫁ぐと小学六年の妹がその役を継いだ。私は十六歳で家を出るが、それまでの少しの間、妹を手伝ったことがある。

このような経験と小松菜のおかげで台所に立つことにあまり抵抗を感じることがなかった。それにしても、それまでが全く日常の生活に無関心であったかと思い至って愕然とした。

味付けの順序は、サ、シ、ス、セ、ソとしてもそれで味が決まるわけではない。味は〝塩加減〟とも言う。塩加減は料理を作る人の舌の感覚でもあろう。その舌の感覚は、陽子のそれよりも私の方が良いとは以前から思っていたので、朝晩のおかずはなるべく作るようにした。

今はスーパーに行けば何でもある。煮物もあるし、揚げたものもあり、あんかけも並んでいる。それは口に合うものもあるが、大方は〝もう少し〟というものである。そこでいろいろなものを作った。

天ぷらも揚げ、三度に一度は揚げた天ぷらで天丼も作る。世間の天丼はエビと決まっているが、自家製は桜エビと玉ねぎ、ニンジンのかき揚げであり、味は甘めにする。天丼を作るとなればたまにはは〝天とじ〟も作り、つづきとして〝カツとじ〟もテーブルの上に乗る。カレーにしても、今はルーがあるから簡単にできるし、同じ具でルーを変えればシチューになる。サバの味噌煮もしょうがを刻んで入れれば味が締まる。

ショウガといえば、自家製の味噌汁にはミョウガを欠かせないものとしている。これと油揚げはどんな具にでも合うようだ。ミョウガは秋口を過ぎると旬の時の三倍近い値段になるが、財産を傾けるほどのことでもないから黙認して買う。

それにしても、陽子の先輩意識を満足させるためにも買い出しを毎日夕方の散歩の前に行くことにしていた。その時支払いも陽子の担当としていたものの、現金の支払いだともたつくのでカードに変えてスムーズになった。

冷蔵庫は家族五人の時代に買ったものでまだ健在であったから、毎日の買い出しは無駄な面もあったが、陽子がそこでは元気にふるまうので良しとした。

スーパーへ行けば、毎日ではないものの、知り合いに出会うことしばしばである。

「あら、陽子さん、元気？」

「おかげさまでこの通りよ。あなたもお元気そうで結構ね」

「旦那さんとお買い物なんて羨ましいわ」

「たまたまよ。いつもは碁に行ったり自分勝手なことばかりしているんだから、たまには付き合ってもらっているのよ」

などと話し合っているのを脇で聞いていると、果たしてこの人が病気なのかと戸惑うほどの挨拶をする。相手を脇へ呼んで「この人は病気だから時々変なことを言うかもしれませんから」と言ったとしても信じないと思われる。

店内を回っていると、ツと離れて目についた品物をかごに放り込む。それらを黙って見ていて一回りしていらないものは元の棚に返すが、黙ってやれば何とも言わない。

そんな時、陽子と離れたことに気が付かず慌てたことが二、三度あった。すぐ見つかったこともあったし、知り合いが「忘れものですよ」と届けてくれたこともあった。そこでスーパーに入る時には手をつなぐことにした。

「じろじろ見るのよ」

陽子はそう言いながらもまんざらでもなさそうにした。以来習慣のようになるとしっかりと手を結んだ。

若い人でもそんな仕草をしない田舎町では目立つことらしく、店でも評判になり、売り場の幾人かのおばさんは行くとまけてくれたが、品物で多めにくれるので迷惑に思うこともあった。

しかし、善意は素直に受け取らなければいけないものであろうと思えた。

出先で食事をする時、それまでは漫然と食べていたものを、舌先に神経を集めて味わうようになった。例えば、岐阜県恵那のしゃれた店に入った時、ドレッシングがおいしくて分けてもらい、また蒲郡ではおいしいモズクにあたって購入先を聞いたこともあった。

そうは言っても、自分でも機嫌の悪いことがわかっている時はコロッケを買いに行って済ませることもままあったが、これも仕方のないことだ。

陽子の脳が正常と異常の間を揺れている時期、ときには「お父さんの作ったおかずはおいしいね」と一人前にお世辞を言うことがあった。言うだけでなくよく食べて、頬さえふっくらとしてきた。

そういう時は台所を手伝う。手伝うばかりでなく、先輩顔していろいろと薫陶を垂れることもある。

「お茶っ葉は取り換えたの」

まな板に向いているとその背中に言う。

「あとで換えるよ」

「あとじゃダメなのよ。ご飯の前にちゃんとしておかなければ駄目じゃないの」

そう言うや否や、私の肩越しに流しの中へ茶殻をぱっと捨てる。

「お母さん、ゴミをここへ開けちゃだめだよ」

それには素知らぬ顔で急須を洗ってしまう。そして暫時、

「お茶が入ったよ。一休みして飲みなさいよ」

「そう、ありがとう」

行って茶飲みを取るとワッとなる。急須の中のかごを取り出したまま茶葉を入れたようで、濃いお茶の中に葉が沈んでいる。

「お母さん、こんな……」

と言いかけて、ぐっとこらえる。「駄目じゃないか」と言えば途端に機嫌が悪くなる。「忙しい時に余分なことをしてくれて」と言おうものなら、十言まではいかないが、少なくとも五言くらいは返ってくる。

「せっかく手伝っているのに、なんで文句を言うのよ」「私のことを馬鹿だと思っているんでしょ」「何かというと私のことを邪見にするのどういうわけ」

言い返せばまた言い返されるで際限がないから、こらえることに越したことはない。そこで黙って茶を開け、かごを入れると、新しい茶葉を入れて出す。その一連の動作でも黙ってやれば目の前に座っていても何も言わない。

言えば直前に自分がやったことに気が付くだろうけど、言わなければもうそのことは記憶から失せてしまっているようで、ただ見ている。

主婦の仕事を交代した時、冷蔵庫は満タンであった。日付けを見ると一年以上も前の調味料があり、野菜の部屋では下の方のキュウリが半分水になっていた。キャベツの四半分は三つもあった。それらのものを片付け、掃除していると、「自分が気に入らないからといって、何から何までそんなに捨てるのよ。もったいないじゃない。全く自分勝手なんだから」

見ていた陽子がそう言った。

そういうことは自分のしていたことを咎《とが》めているのだと気が付いているのであろう。主婦として正気なら当然なことで、その頃はそのようなことがままあり、病気の揺れがあることがわかった。そして〝正気〟の気は少しずつ消えていった。

そのうち幻覚による張り紙が、外向きのものから内向きのものとなり、訪れる女どもが陽子を追い出そうとしているというものに代わってきた。そういうものはうつむいている陽子の精神をさいなんだことだろうと思われる。

いつもいつも一人で遊びに行って、黙ってすうーっと出ていくのだから、私はあんたを許すことはできない。

あなたの彼女がどんな人間なのかわからない。誰にでも話していないのでしょう。

そういうことはやめてください。いつも話がしたいと思って二階に行っても部屋にいたことがない。誰とどこへ行くかぐらい話してください。
この家の中でだれも私の話を聞いてくれる人は一人もいません。さみしいです。
お金を持っていないので、品川の実家に帰ることができません。そのうち自さつに
行き着くかもしれません。これも自分のうんめいかもしれません。
陽子

わたしはくやしい。
他人の女ばかりつれ歩いて、なんで私を連れて行ってくれないのですか？ 私を
嫌いなら仕方がない。
しかし私が一人で暮らしていける家の借り賃とせいかつ費を毎月送ってください。
私はこの家で暮らしたいのです。だからよそへ行くのはイヤです。
あんたは彼女とどこでも行けばいいでしょう。私はあんたとはぜったいに別れま
せん。
陽子

このような病気の人を預かってくれるデイサービスのことは市役所に相談に行ったとき聞い
ていたので、訪ねてゆくと、どういうわけか陽子は、その門前に着くとそこがどういう施設な
のかが解るようで大変に嫌がる。その嫌がるさまは、果たしてあんな張り紙を書いた病人と同

じ人とは思えない言動をする。嫌がるものを押し付けるのが罪悪に感じるようなことが両三度もあって、この病気の得体の知れなさに戸惑った。

そのような状況の中でも囲碁教室に行っている時、一人にするわけにいかないので陽子が版画教室に通っている時の友人、杉江さん、美千子さんに相談すると二人は快く引き受けてくれた。

それぞれ週一日、午後から、杉江さんは自身が新たに通っている版画工房へ、美千子さんはデイサービス代わりを。

版画工房は隣町なので私はそこまで二人を乗せてゆき、その足で名古屋の教室に行き、終わると寄って乗せてくる日が半年続いた。

陽子と杉江さんは常人のように雑談をする。

「陽子さんとこは三人だからそんなわけにはいかないでしょうけど、私んとこは宿六《やどろく》とだけだから、今日みたいな日は〝くたびれたから今夜は弁当〟なんて済ましちゃうけどね。どう」

「そうね、これから家に帰ったら犬と散歩に行って、ちゃんと夕飯の支度をするわ」

「お父さんには手伝ってもらうの」

「手伝ってもらうのもいいけど、洗い物のあと茶碗の端にご飯がこびりついたりしていては気持ち悪いでしょ。だから一人でやるのよ」

「そう。……ね、お父さん聞こえた？　手伝う時はきちんとやってくださいよ」

杉江さんはそう言って、フッと小さく笑った。私は「はいはい、以後気を付けます」と下僕のように言うより仕方なかった。

陽子の頭の中では自身の姿を客観的に見る機能が失せているようであった。

美千子さんはまだ陽子が健全な時、一緒にイタリア、インドへの海外旅行へ行った方で、陽子の日常や癖までもよく知っている。あらかじめ代金を渡してあるので、昼前に車で来て夕方に届けてくれた。

夕方帰った時は「陽子さん、またね」と手を振ってすぐ帰るが、その日気が付いたことがあると電話をよこした。かかってくれれば陽子に代わる。

「あら、美千子さん、しばらくね。そう、そう、そうなのよ。あさって？　では待ってるね」

陽子は「美千子さんがあさって来るって」と言って微笑む。私は「ありがとう」と電話を置く。陽子の頭には直前に別れた人の影が全くないのであろう。

そうした日々が半年も続いたろうか、美千子さんが別れ際に、やや思いつめた顔で「帰ったら電話します」と言った。「私怖いんですよ。お宅のに似た白い車が止まっていると、どんどんと叩くんですよ。〝私を置いてどこへ行くのよ〟って。今日なんか真剣になって叩くもんですから、もしタチの悪い人の車だったら大変なことになると思って」

「今日が初めてですか」

「いいえ、今月に入ってからですかね。でも静かにトントンとやるだけでしたが、今日は通っている人もびっくりするほど……」

杉江さんからも「近頃は版画なんか見向きもしないで歩き回って、ほかの人の邪魔ではないですけど、隣へ来てしゃべりきりなんです」と少々困ったような話をされていた。

二人に頼めなくなった後どうすればいいのかと考えていたある晩、

「夏樹が来たでしょ」

と言って、陽子が二階へ駆けあがってきた。夏樹は、そのときから五年前に自死した次男である。

「三途の川の向こうの者が来るわけないじゃないか」

「だって黙って入ってきて二階へ上がっていったのよ。泣いているみたいだったわよ。どうしたんだろう」

五分もたったろうか、下が静かな感じがしたので降りてみると陽子がいない。見ると表へ出てゆくとき必ず背負う皮のリュックがなく、靴もない。

ふた月ほど前、名古屋へ行った時にはぐれて警察の厄介になったことがある。その時は昼間で、夕刻には岐阜の美濃太田の駅で保護された。それからは注意していたが、夜には出ていくことはなかったので用心していなかった。

慌てて普段よく行く散歩コースを中心に駆けずり回ったが杳《よう》として影すらも見つからない。息せき切って走り回る老人は長持ちせず、大きく肩で呼吸を整えると、方向を変え車を出すと町中をめぐり駅へ行った。

「さあ、そのような方は見かけませんでしたが」と言う駅員は普通に答えているのであろうが、こちらからは何か全く冷たく感じられて、ますます肩を落とすばかりであった。

「すみません。また家内が徘徊で出てゆきまして。お手数かけますが」

警察へ駆け込むと、近頃の警官はたいへん紳士で、

「病気ですから仕方ありません。この前の方ですね」

「そうです。その節はありがとうございました」

「他人から見て、なにかすぐわかる特徴などありますか」

「そうですね。……皮のリュックを背負っております」

「前の時もここに書いてあります。そうでしたね。リュックで駅でもすぐわかったんでしたね」

リュックはイタリアのローマで求めたものであった。あの時はユーロが高く一ユーロ＝一六五円もした。日曜市場で一八〇ユーロと値札が付いていたものを一五〇ユーロに負けさせたが

それでも日本円にすると二万五千円くらいになった。茶色の色合いとデザインがよくマッチして、あれを背負ったら陽子も少しは若々しく見えるだろうと思って大金をはたいた。お土産は陽子も喜んで、今までにはそんなことをしたことのない、艶出しまでして大切にしていた。

警官は「前回と違って今度は歩きですから、そんなに遠くまで行きません。たぶん管内で見つかるでしょう」と言ってくれたが、家にいても落ち着かず、「どなたか電話にはすぐ出られるようにしてください」という役を長男に任せて、暗い夜の道をただうろうろ歩いていた。日付が変わるころ雨がそぼ降った。

まんじりともしない一夜が明けて、長男が「休んでも仕方がないから」と言って、勤めに出た午前八時過ぎに隣町の小学校から電話があった。地図で確かめて教えられた広い両側に歩道のある広い道を走っていて思わず急停車した。幸い後続車がなくてほっとしたが脇に寄せて歩道に立った。

前夜、美千子さんに電話した時、「あなたは、陽子はどっちに行くと思いますか」と聞いたのに対して彼女は答えた。

「広い両側に歩道のあるまっすぐな道を行くと思いますよ。だから名古屋の方向に向かうと思います。そこは街灯もついていましょうし。でも名古屋までは行けないでしょうけどね」

一年前、法事があって小松川に行った時、もう生家は空襲の時以来ないが、二人でそのあたりを歩いたことがあった。神社と道にかすかな面影が残っていて、家々はモダンなものが並んでいた。

「ここも東京?」

突然に陽子が言った。

「そうだよ。なんで」

「田舎みたいだよ。だって道が狭いし、両側に歩道がないじゃない」

陽子の東京は品川の国道一号線があるのだろう。

歩道に立って美千子さんの言葉を思い出し、陽子はいい友人に恵まれていると思った。

小学校はその道を三百メートル逸れたところにあった。

案内されて校長室に入ると、声もきれいだったが、立ち居振る舞いも品のある女性の校長がツと立ち上がると「どうぞ」と言って陽子の隣へ手のひらを向けた。陽子は冷めた顔で小さく
「来てくれたの」と言ってわずかに微笑んだ。

陽子は靴下はぬれていたが、服はそうでもなかった。雨の時は学校の小さな庇《ひさし》の下にいたのであろう。

私は陽子の中に住み着いた病魔が、宿としている人物そのものを支配するほどの大きさになっているのに気が付いた。

富士山

「ほんとだ。富士山はいつ見てもきれいだね」

私が「ほら富士山がよく見えるでしょ」と言ったのに応えて、陽子が言った。

東名高速道路を東に向かって走り、安倍川の橋を渡る時、五合目ほどまでを雪に彩られた富士山が真正面に見える。真正面であるために「あそこに」と指をささないでもよかった。そればかりでなく、その富士山の神々しいまでの美しさに見とれてハンドルの扱いが疎かになるほどであった。

それにしても富士山は何と優美な姿をしていることだろう。「秀麗」という言葉がそのために用意されているように立っている。

「富士には月見草がよく似合う」

太宰治がそう言ったのは、彼が病んだ精神を癒すために甲州に滞在し、御坂峠に登った時であるから、今わたしたちが見ているのとは反対側から眺めたことになる。

月見草＝宵待ち草は夏の花である。花の向こうの富士山には雪が残っていなかったであろうが、花を添えられれば、それはそれで風情があったろう。

今からおよそ千三百年前のこと、時の持統天皇は「おおやまとの国」に生を得たあかしとして、はるか東にある「不二の山」を自らの目で見たいと旅立ったということである。しかし、思い立った時期の体力は、その東国への道の険しさを乗り越えることができず、途中で引き返さざるを得なかったと伝えられている。

春すぎて　夏きたるらし　白妙の　衣干したり　天の香久山

おおらかの中にも女性らしい歌をうたった彼女が、富士の山を見た気持ちを聞きたかったものである。

「そうだ、富士山を見に行こう」

と思い立ったのは、二人で佐渡へ行った年（二〇〇六年）の暮れである。その時期、日課としていた午後の散歩を市民公園で済ませたが、明るさが残っていたのでコーヒーを飲もうということにした。

街中の喫茶店はクリスマス・イヴのジングルベルの音が大きく、落ち着かないので街はずれに行った。窓から陶器用の粘土が五メートルほどにつくねてあるのが見える。

粘土は地中から掘り出してもすぐには使えない。二、三年外気にさらす要がある。そのためにつくねる。

そのつくねた粘土の山に雨が降り、くねった襞が幾筋かできている。

「見てごらん。富士山みたいだよ」

陽子が、その襞のある粘土の小山を指して言った。

そのころ陽子は何かにつけていろいろなものを見つけた。

食事をしていて、コロッケを箸で小割にすると、「ほらこれは犬だよ。ここが目。これが耳。わかるでしょ」と言ったりする。こういう時はおおかた機嫌がいい。よっておおいに相づちを打ってやることにする。

「ホトケさまが見ているよ」

これは風呂に入っているときである。ナイロンタオルがアコーデオン・ドアの桟にひと縛りしてあるのを指して言う。

「片目だけだね」

「向こう側にもう一つあるよ。じっと見ているよ」

「人が風呂に入っているのを見るなんて、ちょっとスケベだね」

「ホトケさまは男でも女でもないからいいんだよ」

「そういうものかね」

私が勝手を預かるようになってから、陽子に取り付いている病魔は何か急に大きくなったような気がした。

日常の、自分の身の回りのこともだんだんとできなくなって、例えば風呂に入っても体を洗うことができないようで、出てくる時もしずくを落とさずにそのまま出てくる。最初は「出るよ」と大声を上げると湯揚げタオルと下着を持って駆けつけたが、あまりにもカラスの行水なので一緒に入ることにした。

そうした時も「一緒に入るなんて恥ずかしいよ」と一人前のことを言い、洗っているとき先程の話のようなことを言うかと思えば、「女の背中を洗うなんて嬉しいんでしょ」などと言う。病気が言わせているそのようなことを聞いてる方は、陽子の頭の中はどうなっているんだろう訝ることとしかない。

「そうだ。富士山を見に行こうよ」

陽子の頭の中にどのような富士山が見えたのかわからないが、とにかくその像が結ばれているのであろうと気がついて、そう言った。

「うん、行こう。これから行くの？　遠いんでしょ」

「今日はもう遅いから、今からでは無理だよ」

「明日？」

「年が明けてからだよ。もうすぐ正月になるでしょ。正月はどこも混むから、それが過ぎてから」

しかし、雪が降ったりなどして実際に出かけたのは一月も末になっていた。今は高速道路がわたしたちの街まで来ているから、東名高速道路の安倍川を渡るまでに二時間を要しない。

「……うれしそに　かなしそに　富士のお山を眺めてる」

陽子が歌を唄うのは機嫌がいい時である。

「かなしそ、じゃないよ」と言いながら私も和した。

南から　南から
飛んできたきた　渡り鳥
うれしそに　楽しそに
富士のお山を　眺めてる

アカネの空　晴れやかに
のぼる朝日が　美しい
その姿　見たこころ
ちょっと一言　聞かせてよ

それにしても「歌」というものは何とも不思議なものである。何十年と口にしたことがないのに、リズムがよみがえると、次いで、歌詞が記憶の引き出しからそろそろ出てきて、さらにその歌を唄った時と情景を昨日の出来事のように描き出してくれる。

この歌の題名は知らない。が、小学校の教師が体操の時間に歌い、生徒がそれに続いたのが記憶にある。

ひどい時代だった。終戦の翌年、春まだき、東京の下町。体操の時間は体を動かすと腹が減ると言うので、教師は生徒を教室から二百メートルほどの近くにある川の堤防に連れてゆき、そこで本を読んだり、歌を唄ったりした。堤防というのは、映画『男はつらいよ』の寅さんの故郷・柴又で、彼が時々堤防をぶらつくのを思い出してくれればいい。

その陽の当たる側の斜面に小学五年の生徒たちが腰を下ろして、シラミの満載した服の襟を寄せながら神妙に聞いていた。腹の中が空っぽであった分、歌はしみるように彼らの胸に入ってゆき、そして収まったもののようである。

それから私たちは「雪の帽子をぬいでさえ　―はやっぱり富士の山」などと、富士山の出てくる童謡を思い出せるだけ唄った。車の中であるから、だれに迷惑をかけるわけでもないので中にあふれるほどの大きな声を出して、それぞれの幼少時代の風景に浸っていた。

陽子の記憶は、最近なものはほとんどないが、幼少のころのものは……たぶんセピア色をした写真のようであろうが多少は残っていて、そのセピア色もリズムが付くといくらか鮮明になるらしかった。

泣くな妹よ　妹よ泣くな
泣けば幼い　ふたりして
故郷を捨てた　甲斐がない

陽子がとつぜん歌いだした。

「三軒長屋の四つに囲まれた中に、井戸があったのよ」

この話は何度も聞いた。洗濯をする話である。

「おふくろさんは内職で忙しいし、姉ちゃんは勤めだし、洗濯は私の仕事だったの」

初めて聞くように「それは大変だったね」とそれに乗ってやる。

「そうよ。洗うのは何とかできても、中学に入る前だから絞れないのよ。そうすると家から見ていたおばさんが絞ってくれるの。そして大声でみんなで歌うの」

遠い寂しい　日暮れの路で
泣いて叱った　兄さんの
涙の声を　忘れたか

……「冬はしもやけができるから本当に嫌だったよ」

……「春になるとね、ヒルが出てくるのよ。味噌汁の中のわかめの切れ端みたいで、目がないのに泳ぐのよ。気持ち悪かったわ」

……「おばさんは手づかみするとコンクリートにたたきつけるのよ。かわいそうでしょ」

日本坂のやや長いトンネルをくぐると静岡のインターになる。そこを出てUターンし、また高速に乗った。

再び安部川を渡る手前で「お母さん、後ろを見てみな」と言うと素直に後ろを見たはいいが、

「誰も乗っていないよ」

「後ろの窓だよ、窓から見えるでしょ」

「何言っているのよ。自動車が見えるだけよ」

そんなやりとりをしている間に道は川を越して山塊にいたり、もう富士山の姿を見ることはできなくなる。

「さっき富士山を見たのを覚えている？」

「そう、富士山が見えたの」

「次のサービスエリアで見えるかもしれないから、そこで停まってみよう」

その日のドライヴが富士山を見に来たことであり、そしてわずか二十分もたたない前にそれを眺めたものが、もうすでに記憶に留まっていない。認知症という病気の残酷なところである。ものを見、聞いた時、それだけでは何事もない。しかし、見、聞きしたものの裏側にある記憶の蓄積があって人は喜び、悲しみ、感動し、時には怒る。犬ですら記憶の蓄積があるから飼い主が帰るとよろこび、跳ね回る。

そうした記憶の積み重ねがなければ人は感動することもなく、人間性も失われる。病気としてのガンは命を縮めるために恐れられるが、認知症は記憶の積み重ねの大部分を失ってしまうために、歩き、寝、食べることはできても、うれしいことや悲しいことに出合ったとしても周りの人とそれを共有することができず、手を取り合うこともできない。哀しさに覆われた日常だけが残っているように思われる。

私が食事の支度をしている時、あるいは洗濯物を干している時、取り込んでいる時、陽子はスーと二階へ上がる時がある。そして書きなぐる。一日に何枚も書く時がある。


先日あなたのSEX相手の女をちらっと見たけど貧相な女だったね。私はこんな女かとがっかりした。もちょっと利口そうな女をつかまえられないの。でもあのタイプが好みならばしかたない。

しかしあなたもバカだね。人間としては、あんたは大バカだね。私は一緒になってしまったことをしまったと思っているよ。

もっとしっかりした男が良かった。口ばかりで私に対してはケチだしね。他人の女はたまに会うから新鮮なのよ。そんな女に大金を使ってどうするの。ヨーロッパの女がそれほどいいとはおどろきだね。金を使って楽しむことは誰でもできるよ。もっとしっかりしてください。そうじゃないと私は死ぬまで結婚したことをこうかいする。ヨーロッパにはとうとうつれて行ってくれなかった。一人で大金を使ってよろこんでいる。

けっこんの相手を失敗したと思っている。北加瀬（川崎の地名）平井（東京の地名）の姉さんも勇ちゃん（弟）も、みんなに頼られているみたいだけど、最低の男だとそのうちバクロしてやるから。

実家でもないくせに妻に食わせる金を惜しんでいるなんて最低だよ。

＊

囲碁をやっている女の人は中年の人妻ばかりだね。そんな中古の女相手にして楽しいの。汚らしい関係だね。そのうちダンナにどなられるよ。早いうちに足を洗ったら。あなたもきたない、SEXの好きなH男だね。七十才にもなって。

どうぞどうぞ、好きなだけ女をだきなさい。女が若いと子供ができるわよ。そんなことになるとおもしろいよ。

＊

本当に大馬鹿だ。こんな男を真面目に頼りにしてきた私も馬鹿だったね。ダマサレタよ。相変わらずあんたはバカだね。あんな男を捨てて生きている女のどこがいいの。私がおとなしくしているのでいい気になりすぎたね。それにしても七、八、九人の女はむりですよ。

もう決心しました。もうあんたの心は私にはない。でもりこんはぜったいにしません。

ガンは恐ろしい病気だと言われる。だが人間の精神をねじ曲げるような残酷なことはしない。

あんたの名前だけの女房になったのが、こんな哀しい毎日になった。自分で死ぬときはこと細かくみんな書いててけいさつに届けておくから。

＊

私にうそをついて女をのせて洞（隣りの在所名）から女を載せて家の車で走っていったね。なんでうそばかりつくのよ。

＊

私のいやがることばかりして私に死んでほしいの？　苦しむことなくできたらもうとうに死んでいる。

あんたはもう私のことなど心のどこにもないことがわかった。以後は一人で消えてゆくしかない。

寂しい。すごく寂しい。私はまだあなたのことが好きなのに、心は一つになれないから。

「俺だって寂し……」言いながら私は自分の言葉に涙が混ざっているのに気付いてやめ、乱暴に書かれた紙切れをいつもそうしている袋に入れた。

いつか天国に行ったら、こんなこともあったと見せ合うこともあるのだろうかと思ってみる。それよりも私たちはどちらへ行くのだろう。陽子はヒルが投げ出されるのを見ても「可哀そうだね」と言ったから当然天国へゆけるだろう。それに引きかえ私はガキが餓鬼そのものになって、まだ生きているトンボやセミやバッタを空焚き鍋の中に放り込み、しかも「うまい、うまい」と食べていたから、天にいるホトケサマは罪のある者として「ジゴクへ行け」と言うだろう。

天国と地獄と別れ別れになってしまえば話し合うこともできない。こんな紙くずを持って歩いていてもどうにもなりそうにもないが、なぜか書かれるたびにしまっている。

そのころの日記に忘れ物をしているばっかりの夢を見ることが書いてある。

……忘れ物をして困っている夢を見る。

旅行に行った先で宿泊券をなくし往生しているかと思えば、シルクロードの旅にいさんで出かけたはいいが、飛行場でチケットがなく、先程まであって誰かに預けたのにと大声を出して言っているのに、皆知らんふりしている。ばかりでなくヨーロッパで出会う連中が、そうしたウロウロしている私を珍しいものを見るように眺めている。最後は陽子が美千子さんと楽しそうに話しながらゲートを通過しようとして、私のいるのに気が付き何か言った。小さい声なのでよく聞き取れなかったが「あんたもバカだね」とつぶやいたようであった。そうしているうちに一人残されて皆は搭乗口に向かってゆく。(置いてゆかないでくれ)と言おうとしても口が乾いて声が出ない。頭を振ってもがき苦しんで目が覚めた。

陽子は隣で、病人でない顔のまま静かに寝息を立てている。

「お母さん、お母さん」と二階へ向かって声をかける。

「お母さん、今日は歯医者へ行く日ですよ。いい？」

「歯医者は痛いと言ってるのにゴリゴリ削るから行きたくないよ」

「今日は入れ歯のあたりを治すだけだから痛くないよ」

「それならいいよ」

歯医者に幼稚園児くらいの女の子を連れた老婦人の先客があった。陽子はすぐに声をかける。

「お嬢ちゃん、名前は何というの」

「……」

「そう。可愛い名前ね。歯が痛いの？」

「虫歯になっているのを気が付くのが遅れましてね」

老婦人が横から答える。

「そう、それは大変ね。でもお母さんと一緒だから大丈夫よ」

「孫ですよ」老婦人は微笑みながら小さな声で言う。

「あら、ごめんなさい。お若くいらっしゃいますもので」

つい先ほどの書きなぐりとは全く違う陽子の振る舞いに、横に立っている者は不思議と言うより戸惑うばかりであった。


しかし、このような書きつけは、一週間のうち三日をデイサービスに行くようになってから、徐々に少なくなり、字を書くこともままならなくなったのか、ペンを持つことも少なくなって、雪が消えるように現れなくなった。

病気が良い方向に進んだのか、なお悪い方に行ったのかはわからない。

陽子が夜分に家を飛び出して隣町の小学校の軒下に一泊した時をもって、私は囲碁教室をはじめ図書館のボランティアの会のことなど、家庭以外の仕事は一切遠慮させていただいて、家事ばかりでなく介護に専念することにした。

そのころの日課は、朝は五時半に起きて三十分から四十五分の犬を連れての散歩をし、朝食の支度と食事をとると、デイサービスに行く日はすぐに出て、コーヒー店に寄ってそこへ行った。

デイサービスに行かない日は、食事のあと二人で洗濯物を干すと、陽子がまだ絵を解る時期であったので近在の美術館や陶磁器展示館へ行き、またランやバラの展示館へ行ったり、あるいは遠出してダムなどへもいくつか行った。行き帰りに公園に寄ると散歩をし、道の駅に停まった。

デイサービスは近所の、普通の家を改造したところはどうしても嫌がったので、市の介護支援センターのケアマネジャーと相談して、郊外の病院が経営する外見は小さな病院のようなサービス所に世話になった。そこは若い介護士が沢山いて雰囲気も明るくカリキュラムもしっかりしていた。当然費用も高かった。

そこでも最初は嫌がったが、施設の人と相談して、「陽子さんには洗濯係になってもらうからね」と言ってもらうと素直について行った。入ってしまえば洗濯以外に他の人と同じことをしても何ごともなく日課を終え、迎えに行った時は明るい顔になっていた。

デイサービスに行く日も、行かない日も、帰りはスーパーマーケットにより、手をつないで買い物をした後、夕方の犬を連れた散歩をした。陽子の歩きは達者なので、犬のひもを握った陽子の後を数歩して私は従者の如くついて歩いた。

そうした陽子の日常を見ながら、認知症という病気はどういう病気なんだろうと考えていた。宣告されたのは公立病院の神経内科である。半年ほどしてメンタル・クリニックへ行けと言われて、月に一度そこへ行き、「よく寝られますか」「変わったことはないですか」と言われて、睡眠促進剤と精神安定剤の処方箋をもらうだけであった。

「この先どうなるんでしょうか」と聞いても「単に物忘れがひどくなるばかりでなく、奇妙な行動をすることがあります。その時叱らないでください」と言うだけであった。

一方、辞書で「認知症」を引くと次のように書いてある。

【認知症】　成人後期に病的な慢性の知能低下が起きる状態。いわゆる呆け・物忘れ・徘徊などの行動を起こす。主な原因は脳梗塞など脳血管系の病気とアルツハイマー病。もと痴呆症と呼んだ。　（『広辞苑』）

しかし、そこに書かれている「痴呆」という病気がどういう症状のものか知らない。知らないがものの本などによるそれと「認知症」は違うのではないかと思っていた。

そんなことを思いめぐらしている時、図書館のそういった病気に関する本棚の中で『プリオン病の謎に迫る』（山内一也著・NHKブックス）という本に出合った。

プリオン病は狂牛病と同じだと何かで小耳にはさんでいたので早速見るとあった。そこでアルツハイマー病は狂牛病＝BSEと同じ系統に属する病で、その病気全体が不思議な膜につつまれていることが一冊の本全体にわたって書かれていた。

更にそのころ新聞広告で『プリオン説はほんとうか？』（福岡伸一著・講談社ブルーバックス）を知り、早速求めてみると、ますますその病気の奇妙なふるまいに驚いた。

しかし、右に挙げた二冊の生命科学者の本は認知症のことにはほとんど触れておらず、逆に医学者が書いたものにはプリオン病のことに触れたものは見当たらなかった。このことも不思議と言えば言えた。

福岡伸一は前出の本で次のように総括して述べている。少々長いが転載する。

「羊のスクレイピー病、牛の狂牛病、そしてヒトのクロイツフェルト・ヤコブ病、これらの病気は名前こそ異なるが、それは宿主の違いであって、すべて同じ病気であり、同じ病原体によって引き起こされる。この病原体は経口的に、つまり食べ物を介して感染する。感染した動物の肉を食べることによってうつる。草食動物であるはずの牛が狂牛病になったのは、ヒツジや牛の死体から作られた人工タンパク飼料、いわゆる肉骨粉を強制的に食べさせられたためである。

この病原体は、通常のウイルスや細菌なら簡単に死んでしまうような加熱処理に対しても生き残ることができる。加熱だけでなく、殺菌剤、放射線照射などに対しても抵抗性を示す。これは病原微生物学の常識では普通、考えられないことであり、それゆえに、不死身の病原体として恐れられることになった。」

著者の福岡伸一は生命科学者として有名である。「生命」というものについてわれわれ素人にもよくわかるように書かれた沢山の著書がある。中でも『生物と無生物のあいだ』（講談社・現代新書）は名著と言っていいのではないか。

「この病原体に感染してもすぐには何も起こらない。自覚症状もなく、感染を知るための診断方法もない。しかし、病原体はゆっくりと増殖と侵攻を進めている。それは何年、場合によっては何十年の年月をかけて秘かに行われる。やがて病原体は、どのような経路を通ったのかは定かでないが、脳に到達する。ここで病原体は急速に増殖を行う。病原体が脳で繁殖しだすと、脳の神経細胞が侵され、死滅してゆく。神経が死んで脱落すると、そこに細かいスポンジ状の空胞ができる。神経が死に始めると、当然、宿主は正常でいられなくなる。クロイツフェルト・ヤコブ病の場合、最初、症状は不安、焦燥、健忘などの形で現れる。次いで歩行障害、運動異常、起立困難などを引き起こす。意識が失われ、食事がとれなくなり、衰弱して、ついには死に至る。発症すると回復することはない。致死率一〇〇％の病である。今のところ薬も治療法もない。」

ヒトに感染すると書かれているクロイツフェルト・ヤコブ病と、陽子が診断されたアルツハイマー型認知症というそれぞれのカタカナは、その病気を特定したドイツ人医師の名前である。三人の関係を詳しく書いた本にはまだ行き当たっていない。(見ていないだけかもしれないが)ある本には「クロイツフェルト医師の〝上官の〟アルツハイマー教授」と書かれており、その教授が死んだ後、その特異な病気について発表し、それを読んだヤコブ医師が「自分のところにも同じような患者がいる」と発表したとある。したがって呼び方は違うが、同じ病名を指しているものと考えていいのではないか。一九二〇年代のことで、今からおよそ百年前のことである。むろんその頃はクリック・ワトソンによるＤＮＡも発見されていなかったし、ウイルスと病気の関係もわかっておらず、まして情報も行きかっていなかったから、他の動物の同系の病気との関係のこともわからず、また彼らの病状記録もそれほど詳細のものではなかったらしい。

これが世界的に注目されだしたのは、アメリカ人医学者ガイジュセクがニューギニア高地に住むフォレ族に現れるクールー病を報告してからだとされる。

一九五七年、偶然のきっかけでクール病を知ったガイジュセクはすぐにその調査に乗り出した。フォレ族はそのころ石器時代の環境からやっと二十世紀の世界と交渉を持った時期で、その病気もその中で知られたものであった。したがって彼らの生活圏に入るのはその断絶が物語るように大変な難行程であった。

フォレ族は死人を食する儀式があって、それでその病気が直接伝達されたようであった。しかし同じ食したものが全員被病するわけでもなく、発病する人でもまちまちな時期であったので、彼らはその儀式と病気との関連がわからなかったもののようであった。ガイジュセクの聞き取り調査でも、早いもので五年、遅いものでは四十年というものまであった。

ガイジュセクは何度も調査を行い、その報告は欧米社会に衝撃を与えた。報告書はそれまで知られていた、クロイツフェルト・ヤコブ病と全く近い病気であり、その一連の「伝達性海綿状脳症」が、どちらかというとヨーロッパにおいて見られるものであったのが地球的病気として現れたことを明らかにした。

ガイジュセクは二十年後の一九七六年にノーベル生理学・医学賞を受賞した。彼は、この病気のおおよその姿を明らかにしただけで、病原菌を探し当てたわけではない。しかし、ノーベル賞に値したのは、やはりこのヒトを一〇〇％死地に追いやる病気が地域的なものでないことを明らかにしたためであろう。ウイルス学も修めていたガイジュセクはこの病気がウイルス感染によるものと同じようなふるまいをしたので、潜伏期間の長いウイルス病だと考えた。そして長いということはウイルスとしては非力なものと指摘した。

私たちの日常の周りにはインフルエンザ・ウイルスをはじめ沢山のウイルスがいる。ウイルスは生物と無生物の中間の存在であると言われる。ウイルス自体は〝モノ〟と同じであるが、生物の細胞にとりつくと増殖する生物としての活動を始める。

非力とは極めて小さいということである。したがって見つけ難い。この探索について福岡伸一は記している。

「過去、多くの研究者たちが、この病原体を捕まえようと必死の探索を繰り返した。しかし、手掛かりは杳《よう》として得られなかった。

電子顕微鏡で病巣をくまなく調べても、細菌はおろかウイルス粒子のようなものもまったくみつけることができなかった。血液中にも病原体の痕跡はない。そもそも病原体に感染すると、必ず起こるはずの宿主の免疫反応が起こらないのである。」

この犯人捜しの過程はミステリー小説を読むようであり、また生命体の神秘に触れて興奮する。

こうした中で、アメリカの生命科学者プルシナーが「プリオン病説」という新説を出した。一九八二年のことである。

新説は「伝達性海綿状脳症」を「プリオン病」と呼ぶことを提案し、脳神経をつかさどるたんぱく質を「プリオンたんぱく質」としたうえで、そのたんぱく質に正常と異常があり。外部から侵入した異常体が正常体に働きかけて異常に変えてゆくのだとした。そして異常たんぱく質が多数になった姿が脳の一部が海綿状になったものである。

これは従来の生命科学からいって常道を逸れた珍説と最初は思われた。しかし、それまでも、そしてそれからも病原体が見つかる見通しがない以上、一つの有力な説として徐々に注目を集めた。

いろいろな実験が行われた中で、「ノックアウト・マウスによる実験」がこの説を正当と証明する有力なものとなった。この実験ではプリオンたんぱく質が欠けたマウスを造り、それに異常体を感染させてもプリオン病にならなかった。「ノックアウト・マウス」とはプリオンたんぱく質を欠損させて生まれたマウスのことである。プルシナーはこの説によって一九九七年ノーベル生理学・医学賞を受賞した。

「しかし」と福岡伸一はそこで立ち止まって考える。それが『プリオン説はほんとうか？』という本である。副題は「タンパク質病原体説をめぐるミステリー」、裏表紙には「ノーベル賞評価への再審請求」と記されている。福岡伸一は述べている。

「タンパク質そのものは〝モノ〟である。そのタンパク質が正常とか異常とかに関係なく、モノがモノを変えることはできない。あるモノが、あるモノを自分と同じように変化させるには、単にぶつかる以上のエネルギーがいる。モノはそういうエネルギーを持ち合わせていない。

生物体の中でそういうエネルギーを発現させるところは細胞の中のミトコンドリアしかない。それが伝わるルートをモノとしてのたんぱく質は持っていないはずだ。

未だ人々の前に病原体が姿を見せていない以上、プリオン説が間違っているということはできないが、この説は生命体の摂理に適わないないものだということはいえる」

「この病原菌を探す仕事は、多分、ある一定の実績を持った科学者が、一生をかける覚悟をし、さらにその者に望むだけの予算が与えられて初めて発見されるかどうか、というほどの難しいものであろう」

私は全く偶然に二冊の本を手に取ったが、最初の『プリオン説の謎に迫る』はプリオン説を是認し世紀の新説として称賛する立場から書かれたもので、福岡伸一とは対峙するものであった。是認説の著者の山内一也はこの世界の重鎮で、本を書いた当時、東京大学名誉教授であった。彼は「一九九四年、私は日本ウイルス学会の会長としてプルシナーを招待し、特別講演を依頼した」と書いている。ついでに言えば、この時プルシナーは「日本に来た以上富士山を見たい」と希望を述べたということである。

私は期せずして「認知症」という病気の不思議さと、それが生物の根源にかかわっている問題であることに遭遇したことになった。

陽子はプリオン病の中の、ヒトが感染した時に発症するいろいろな症状をたどっているように思え、奇妙な行動をとり始めた。

大根

　ある朝、食事をしている陽子が急に老けて見えたので、改めて注意して見ると、白髪が目立ち始めていることに気が付いた。

「お母さん、また毛を染めに行かなくちゃならないね」

「そう。そんなにひどい？」

「ひどいというほどじゃないけど、白いのが目につくよ」

「じゃ行く。……一緒に行ってくれる？」

「いいよ」

　一通り家事を済ませて、いつも行くスーパーの二階にある美容院へ行き、置いてくる。済めば電話がかかってくるのでいったん家に戻るが、戻りながら陽子が白髪を真っ黒に染めたのはいつだったかを考えていた。

「あの時は、まだ染めていなかった」

あの時は二〇〇二年だったから、五年前になる。陽子もまだしっかりしていた。

そのころ陽子は版画のほかに英会話教室へ通っていた。教室に通っていれば習っていることが通じるのかどうか試してみたくなるのも当然のことである。教室の仲の良い友人同士でそのようなところを探して時々出かけたりしていた。

「外人さんと気楽に話ができるところ、知らない?」と聞かれたことがあった。

その年の初夏、ちょうど飛騨の高山で「世界アマチュア囲碁選手権戦」が開かれることになっていた。囲碁の発祥は中国であるが、その普及を日本人が担ったために世界では日本文化と思われている。ヨーロッパではほとんどの国に囲碁協会があり、その年の各国一人の代表参加も六十余カ国の大半がヨーロッパであった。私は「ヨーロッパ・ゴ・コングレス」を幾年か訪れているので、そこで会う何人かの代表とは面識があり、名簿によって高山に来ることがわかっていた。名古屋の囲碁仲間が行かなければ、一人でも行くつもりでいた。

「それじゃ高山へ行ってみる? ついでに一晩泊まりでゆっくり高山の町をぶらついてもいいし」

「知っている人がいるの?」

「うん。ポーランド、クロアチア、ハンガリーの代表は向こうで何度か話したことがある」

「イギリス人じゃなくても英語は話せるの?」

「あぁいう会はね、英語で運営することになっているから参加する人はそこそこ英語は通じるんだよ」

「そう、慶子さん（と友人の名を挙げて）に話してみるね。一緒に行ってもいいでしょ」

慶子さんも夫婦で行くと連絡があって、落ち合って打ち合わせした時、慶子さんが言った。

「お知り合いの方は年配なのですか」

「いいえ、ここへ来るヨーロッパの連中はだいたい若い……そうですね二十代半ばのものが普通です」

陽子が突然に言った。

「あら、やだ。恥ずかしいわ。そんな若い人が頭の真っ白いおばあさんに会ってくれるかしら」

「向こうの人はそういうことをだいたい気にしないみたいだから大丈夫だよ。高山でちょっとしたお土産を買って持って行ってやれば、人の顔なんか見ないで大喜びするさ」

「そうかしら、それならいいけど」

「当地の人が会いに来てくれただけで嬉しいものですよ」

「碁のことを知らなくてもいいんですか」

「ええ、それも大丈夫。たとえば、ポーランドは美しいところですかと聞けば、彼らは、もう夢中で自慢話をするに決まっています」

「ハンガリー、クロアチアとおっしゃいましたね、その人たちもそうですか」

「たぶんね。彼らは自分たちの国が世界で一番いいんだ思っているようですから。ハンガリーの人にはドナウ川のこと、〝美しき青きドナウ〟が首都の真ん中を流れていますから。クロアチアはチトー大統領のことを話題にすれば喜んで相手になってくれます」

そんな話をしている最中にも陽子は自分の白髪頭をしきりに気にしていた。


私は陽子が白髪になった時、また、それを黒く染めた時のことをはっきり覚えていないのに気が付いて、人の「もの忘れが激しい」などと言えたものではないと思った。

十一時半に電話があって迎えに行き、「おなか空いていない？」と聞くと「空いていない」と言った。

朝の食事量も少なかった。それでも目先を変えれば多少はいいかと考えて、隣町の家庭料理の店へ行くことにした。その店は魚や野菜の煮つけなどのおかずの種類がたくさんあり、客はそれを小皿にとって食べるようになっている。

陽子は「空いていない」と言った割にはある程度食べて、終わるころ、

「わたしこれが嫌いなのよ」

とおかずの一つとして取った大根の煮つけを箸でつついた。

「そう、嫌いなら無理して食べなくてもいいよ。今日は珍しくいろんなものを食べたからいいんじゃない」

「うん」

そのまま帰るには早いので、目的のない無為なドライヴに出かける。足助に出て稲武へ向かうコースをとる。そこから北上して明智の大正村に出て、山間に点在する美濃焼の産地を通って帰ればちょうどいいだろう。陽子は車に乗っていれば置物のようにおとなしい。退屈だとも言わない。

「さっき大根は嫌いだって言ってたけど覚えている？」

「さっきって、お昼に大根を食べたの？」

「そうだよ。その時大根は嫌いだって言って半分も食べなかったよ」

「わたし大根が嫌いよ。子供の時、おふくろがお雑煮のお餅の代わりに大根を食べろというのよ。いやでいやでしょうがなかった」

「戦争中？」

「どうだったかしら。親父さんは戦争が終わる前に病気で帰ってきて、家で寝ていたからそのころよ」

昭和二十年三月の東京大空襲のあと区内にいた小学校児童は全部集団疎開に行かされたから、戦後のことだろう。食べることに関しては戦後の一、二年が一番ひどかったのではないかと思われる。それは私自身の経験からも言えた。

私の疎開先は山形県の赤湯というところであった。米沢の南隣の温泉町である。そういうところでも食事はひどかった。が、終戦まではひどいなりに飢え死にすることはない程度のものは出されていた。戦争が終わるとそれがさらにひどくなった。父が迎えに来たのは十月に入ってからだったが、その間に二つ下の妹は栄養失調で満足に歩くことができないほど衰弱していた。

戦争中は統制経済とはいえ国とその機能がまだ働いていたのだろう。それらが戦争が終わったとたんに機能しなくなって、人々はそれぞれ自分で自分とその家族の糊口の面倒を見なければならなくなった。

気のきいた者、あるいは百姓の経験のある者はすぐに、爆弾と焼夷弾の墜ちた跡がかたづいていない小学校を耕し、サツマイモ、ジャガイモはむろんネギや小松菜まで植えた。

私の父は子供のころの経験があってか、トウモロコシやコーリャンと呼ばれるもろこしを育てた。

そうした点で〝街場〟であった品川区の陽子の家の近辺は、たとえその親が病気でなかったとしても、畑にするような地面はなく、途方に暮れたに相違ない。

私自身にしても、正月のお雑煮をお餅の代わりに大根で済ませたという身内がいるので、陽子と大根の話は驚くことではなかった。三番目の姉の環境は、あるいは陽子の家の状況よりももっとひどかったろうと思えた。

私は十人兄弟で、上の三人が女であった。戦争が終わった時、一番上と三番目が結婚しており、上の姉の亭主は北洋で戦死し、一人いた子は横浜の実家で姑と爆弾の直撃にあってこの世にはなく、すでに身一つになっていた。

三番目の姉・好子はその後他の姉たちが「好ちゃんはあんたがたの子守をするのが嫌で家を飛び出したんだよ」と、早婚のことを言っていた。そのころの江戸川区は都内と言い条、鄙《ひな》めいていて、娘たちは十歳になれば山手に奉公に出され、そこから嫁に出してもらうような習慣があったらしい。上の姉はそこで家事や行儀見習いのほかに和歌と俳句を習い、終生のものとし、二番目の姉は書道を身につけた。三番目の姉・好子はおてんばで体が丈夫であったために割を食い、その後続々と現れた弟たちを一手に引き受けさせられ、〝習い事をしていない〟というコンプレックスを生涯持ち続けていたようであった。

私と好子姉とは十二歳の開きがあり、物心ついた時はもう外の人であって、終戦の時、四歳の息子と二歳の娘を抱えていた。亭主は工兵として応召し、インドネシアにいることはわかっていたが、それ以上のことはわかっていなかった。

姉は三月の空襲で焼け出され、栃木、日光のふもとの今市《いまいち》の亭主の故郷に従兄弟を頼って疎開したが、そこも貧しく、転がり込んだ東京者は「東京こじき」と陰で言われながら半農の物置で雨露をしのいだ。そして食うために子の手を引きながら担ぎ屋をした。生きてゆくためにはそれしかなかったが、体の丈夫がやっとそれを支えた。

しかし、二人の子を抱えたハンディはいかんともしがたく、一時は野垂れ死に間際まで行ったが、そこから立ち上がったのが彼女のすごいところである。

まず担ぎ屋が流通業の一端であることに気がつき、ルートを作り上げ、持っているところと欲しがっているところを組織化していった。彼女は子守に集中する期間が長かっただけに、まともな教育を受けていない。小さな手帳に漢字とも絵ともつかないものを書いて、システムを構築した。二年半後に亭主が半病人で帰還した時にはもう立派な組織になっており、彼が本来の鋳物師の職人に戻るまでゆっくり養生できるほどの余裕さえあった。

他人の家の台所をずっと覗いているわけにはいかないからよくわからないが、このシステムはその後も長く機能していたらしく思われる。鋳物職人の報酬だけではとてもできることではない家の建て方も、電話が引かれることの早さも、私たちが県営住宅に入る頃にはアパートを持つまでになっていたことなどを見れば、たぶんそのおかげだろうと思われる。しかし、人に後ろ指をさされることではなさそうなので、とやかく言うこともないことであった。

兄弟が十人もいると、ウマが合うものと合わないものとが出てくる。むろん歳を経ればそれぞれ配偶者を持つから一概には言えないが、何かにつけ相談する時の相手はおおよそ決まってくる。そういう意味で私と好子姉はウマがあった。

私に二つ違いで次男が生まれた時、長男を保育所代わりのように預かってくれた。戦後生まれの姪たちも中学生になっていて時期もよかった。その関係で陽子もかの家の人たちと接することも多く、したがって実の姉よりも頼りにしていた。


「一周忌に来ていただきたいんですよ。遠いし、陽子おばさんが病気だと聞いていますので心苦しいんですが、相談に乗っていただきたいことがありますので」

姪の艶子からこのような電話がかかってきた時も陽子に言うと、一年前のことも覚えていて
「行くわ」と言った。

「だけどお母さん、困ったね。往き帰りに着てゆくものがないよ」

そのころ陽子は奇妙な行動をとり始めていた。

月曜と土曜のデイサービスに行く日は、朝食をとるとすぐ出かけるが、そのほかの日に、私が後かたづけや洗濯物を干している時に、二階へ上がってタンスから下着を取り出して部屋

いっぱいに並べる作業をするのである。並べ終わるとそれを種類ごとにたたみ籠に入れる。籠の入ったものを今度は階段を降りて下の部屋で並べ始める。ひと通り並べると籠に入れ、二階へ運ぶ。見ていると真剣な顔をしてやっている。

最初は下着だけであったが、そのうちシャツやパンツ、上着とタンス全部に及んでいった。そうすると籠は一つで収まらず、また重くもあるので「手伝ってよ」とも言う。

本人はデイサービスでやっていることの延長の日課と思ってしているのかもしれない。時として、天気が悪く部屋干ししてあるものを（まだ乾いていないものを）一緒に畳み込むのを注意しながら脇で見ていてやるしかない。

しかし、こんなことをしている間に陽子の着衣の全体がわかって、それによると目ぼしいものはほとんどないことがわかった。

「一晩泊まりで来いと言うから、ついでに溝ノ口（地名）の姉さんのところへも寄るようにして、一ついい服を買おうかね。遠くへ行くんだからいいものを着てゆこうよ」

「どこで買うのよ」

「やっぱり名古屋まで行かなければだめだろうね」

「高いんでしょ。お金あるの？」

「それくらいはあるよ」

「よかった」

陽子はそう言うと、いかにもうれしそうに微笑んだ。

美千子さんに聞くと、

「うらやましい話ね。私なんかもそんな服を買ったことがないからよくわからないけど、やっぱり三越じゃないかしら」

「私でもわかりますか」

「わかりますよ。試着をした時、ご主人の目で見て陽子さんが輝くように見えたら、それです」

「ありがとう」

なるほど一つのフロア全体が婦人服の羅列であった。そこをさえない異邦人がとぼとぼとめぐって歩き、迷子にならないように手をつないだ。

あるデザイナーの名を冠したコーナーを巡った時、バラの刺繡の赤が派手にではなく、落ち着いたものに見える上着が目に留まった。陽子もそれを見ていた。

「どうぞ。お似合いになりますよ」

つと店員が出てきて上着をマネキンから外すと陽子の肩へ掛けた。照れるように私を見た陽子に「よさそうだよ」と声をかけると、「ブラウスもセットになっておりますから」と店員はスカートも外して陽子を試着室へいざなった。

そのコーナーのカーテンを開けた時の驚きを私は今でも覚えている。たかが一枚の服が一人の老婆をこんなにも変えるものかと目を見張った。陽子は数分前と全く違う姿になりながら「高いんでしょ」と囁いた。聞くと、来しなに地元で見たものの十倍を超えていた。

〝やはり野に置けレンゲ草〟という言葉がある。その言葉通り花でも人でもそれぞれが咲き誇り、輝くところは決まっていて、服など元の姿を覆うものをかぶせただけで、元までがこれほどまでも変わるものかと思ってもみなかった。

試着室から出てきた陽子の姿は、そのあと新幹線に座ってもその電車にふさわしく、何より川崎の長い知り合いの言葉がその状況を表した。

姪の艶子は言った。

「陽子おばさんがこんな美人だったとは今日まで気が付かなかったわ。去年見えた時より十年若くなっているんじゃない。どうかしたの」

その日の午後に会った実の姉の俊子さんはすでに亭主をなくしてから長いが、若い時から創価学会の役をしていて人付き合いのなれた方だったが、彼女は私を小脇へ寄せると囁いた。

「陽ちゃんは病気だと言っていたじゃない。どこが病気なのよ」

「お会いするのは何年になりますかね。義兄さんが亡くなった時ですから十年？になりますか」

「十一年ですよ」

「そんな久しぶりに会っても大きな声を出さないところが病気です」

俊子さんとの邂逅は、その間の期間が長いにもかかわらず一向にはずまなかった。陽子は三十分もするとその姉を目の前において、隣町でも行くように「帰ろうよ」と言った。私は「すみません」と言うより仕方なかった。

俊子さんと話している溝ノ口と姪の艶子の家とは私鉄の駅で二つの間隔があった。彼女の息子に迎えに来るように頼むと間を置かず車を回してきた。

「もう警部になられましたか」

「いいえ、警部補に合格したばかりです」

「それでもあなたの年齢で警部補は早いんでしょうね」

「ええ、まあ」

「ところであなたの奥さんという方を紹介してもらっていませんが」

「はい、まだ結婚しておりませんので」

「そうですか……。近くにスーパーがありませんか。あったら止めてください」

車は大きな駐車場の一角に留まった。

「あなたのおふくろさんに相談に乗ってくださいと言われておりますが、ご存知ですか」

「はい、だいたいは。おばあさんの遺した資産について叔父たちとうまく話がついておりません」

「具体的には、今あなた方が住んでいる家と横浜のおじさんたちのいる家、アパート、それにお金……」

「那須の別荘が一番大きな遺産です。土地だけでも千二百坪ありますし、おじいさんが丹精込めた庭もそのままです。建物もゆったりしていて十五人は楽に泊まれます。お行きになったことがありますか」

「いや何度か誘われましたが行きそびれてしまいました。三年ほど前ですが、影絵の藤代美術館に行った折に近くだと聞いておりましたので寄ろうかと思いましたが時期でなかったものですからやめました。しかし、姉は女傑ですね。貧乏人の、教育もろくに受けていない小娘が職人の亭主を抱えながら子供たちがもめるようなものをたくさん残して」

「はい。いつもニコニコしていて、決める時はぱっと一言言っておしまいでした」

「そうですか……。悪いけど、このまま新横浜まで行っていただけませんか。今からならそんなに遅くならずに帰れそうですから」

「はい」

「私は法律の勉強をした男でもないし、一介の労働者にすぎませんから、おふくろさんにアドバイスをするようなことはできません。しかし、せっかく来たものですから独り言を言います。あなたが聞いてもいいし、聞かなかったことにしてもいいし、おふくろさんに伝えるか伝えないかも勝手です」

「わかりました」

「〝急がば回れ〟という言葉がありますね。人によっては〝回らば急げ〟だと言う方もいますが。

私はヒトは社会的な動物ですから、その社会が成り立ってゆくようにみんなで支えあっていかねばならないものだと思っています。結婚をし、子供を育てることは個人的なことのようですが、そうすること自体が社会を支えている行為そのものだと思います。

あなたが所帯を持ち子供を育てるようになって、そうした立場に立った時に、改めておばあさんの遺産をどう使ったらいいかを考えて、その時おじさんたちが生存中ならばそのことを話したらどうですか。

いくら大きな遺産だと言っても世の中をひっくり返すほどのお金ではないでしょうから小出しにしたら霧散するだけでしょう。だいたいおふくろさんたちの年代はこれからの人ではありませんから、これからの人であるあなたの裁量を任せるのが一番いいのではないかと思います」

「ありがとうございます。いい話を聞かせていただきました。では新横浜までお送りしましょう」

陽子の貴婦人への変身はほんの一瞬のことで、着衣を運搬する奇妙な行動はさらに奇妙な方向へ進んだ。並べたそれらのものを次から次へと身に着けてゆくのである。

最初は靴下から始まった。朝散歩をしている時、変な歩き方をしているので、

「どうしたの」と聞くと、

「痛いのよ」と言った。

その場でベンチに腰かけて靴を脱がせると、靴下を三枚も履いていた。「ここが痛い」というところを見ると小指が薬指にかぶさるようになっていてタコができている。

「なんでこんなにたくさん履いているの」

「寒いのよ」

春先の寒波もある時期であったので確かに寒い時期ではあったが、靴下を重ねたところで暖が取れるわけではない。その後注意して靴下を脱がせるようにしていると、今度は下着、シャツ、ズボン、上着と際限なく重ね着をするようになった。

それは外の季節が温かくなるのに逆比例して増えていった。

そのころの日記は次のように書かれている。

＊

【五月二十一日】

昨夜は薬を飲まなかった。そのためにあまり寝ていない。寝ないと一段と狂気が高まるというか、イライラが募るのだろう。朝から衣服をとっかえひっかえ着ている。

上は十五枚くらい着、最後は背中が下りないで肩のところにかかったままになっている。そのままで犬の散歩に行くと言うから「よせ」と言ったら「どんな服装するのかはその人の勝手だ」と言ってきく耳を持たない。

他人が見たら異常だとすぐ気が付くだろうが、「あの人はおかしい」と周りの人がわかった方が却ってよいのかもしれないと思って「行きたければ行ってくれれば」と出した。

帰ってくると、朝食も取らずにまた服を着だした。汗でまとわりついて自由が利かなく、ふうふう言いながら、一枚脱ぐと一枚を着、三枚を脱ぐと二、三枚を着る。

ズボン（多分三枚くらい）の上にソックスタイツを履こうとしている。思うようにいかなくてフウフウ言いながら何度も繰り返してやっと履く。膝の上あたりに股が来てよちよち歩きする。それを黙って見ているとその上からランニングパンツを履く。無理やり上に挙げてやっとヨチヨチ歩きができるようになる。さらにその上から寝巻のズボンをはく。まさに狂気としか言いようがない。

見ている方がむしろ気分が悪くなる。人間の恰好をした怪獣の出現とでも言えようか。病魔が陽子の体を借りて姿を現したかのように見えた。

その日はデイサービスへ行く日であった。籠の運搬を手伝ってやらなかったので、陽子の機嫌がことのほか悪かった。悪い時は重ね着の枚数も増える。その日は右手と左手に一枚ずつ上着を着て背中に垂らし、その上に赤いカーディガンで抑えていたので、まるでカフカの『変身』に出てくる昆虫のようであった。

私はその怪物に「出かけるから脱ぎなさい」と言って実力行使に出た。陽子も力の限り抵抗する。立ったままでは脱がせることができずに馬乗りになった。そうするとたまらなく悲しくなって涙が流れ、声に混ざった。陽子も気が付いて抵抗をやめ、ぐったりとなって死んだ魚のように転がっているだけだった。

「モーニングコーヒーへ行こうか」

「うん行く」

「じゃ、そのままじゃ自動車に乗れないから、脱いで籠に入れなさい」

陽子は四、五枚脱ぐと「これでいい？」と言った。

「ズボンもだよ」

「はい」


私はケアマネージャーと相談し、デイサービスにもお願いして月・土の通所を水曜日にも増やして、入浴サービスも頼んだ。その代わり、朝は皆さんが入浴が済んだ後でということで一時間遅らせ、帰りは逆に一時間早く迎えに行くこととなった。

陽子の厚着は半年かかってほぼなくなり、少なかった食事量もだいぶ改善された。迎え時間の三時はまだ昼のうちである。幸いとでも言うべきか、私たちの瀬戸市は中心も小さくそれを外れると鄙が多く残っている。そこを巡って時間を消費する。

その時の陽子は静かで穏やかであった。

とある病院の前を通る。

「この前ね。ここを通ったらあの病院から子供が出てきたのよ。こんにちはって言うから、こんにちはって言ったら、〝おばちゃん、おばちゃん、ぼく病気かなあ〟って言うのよ。〝お医者さんが言うの？〟って聞いたら〝お母さん言うんだよ。変だよね〟って言うのよ。変でしょ」

この〝変でしょ〟は自身のことを言っているようであった。また、スーパーなどがジングル・ベルを鳴らすと、

「近所にドイツ人のチャーマーさんっていう肉屋さんがあったのよ。クリスマスが来るとそこに七面鳥がたくさん集まるのよ。クエックエッて鳴くのよ。殺されるのがわかっているように悲しそうに鳴くのよ」と言ったりした。

陽子の言いようは子供っぽかったが、車に乗っているうちに話すことは穏やかになっていった。

紙に殴り書きしたり、上着を昆虫のようになるまで着るようなとげとげしい言動はなくなったが、病気はその陰で静かに深化してゆくようであった。

犬を連れて散歩に行くのでも、何十年と歩いている往復三キロばかりの道を一人で行っては帰れなくなったり、犬に引きずられて転びそうになって喧嘩して嫌われたり、一人で出歩かないように玄関のドアにチェーンロックをかけるとそれが外せなくなった。

例えば玄関から出られなくとも、靴を持って裏へ回れば、いとも簡単に外へ出られるのであるが、そういう知恵は働かないようになっていた。

そのころ、公立病院の医師が心もとないので、紹介する方があって隣町の認知症専門医に通うことになった。

医師は一応の診断と、ＣＴ検査のあと言った。

「何か心配事がありますか」

「ありません。そのようなことがありましたら、わたしはこの人に言いますから大丈夫です」

医師は私の方を向いてニヤリとした。

ささゆり

陽子は周りのものから見れば全く奇妙なふるまいをしている時も、助手席に座っている間は静かにしていた。

山の如く重ね着をすることも、週三日のデイサービスで入浴するようになって、徐々になくなっていった。季節も夏に向かう頃であったので、そのことも効があったようであった。秋口になるころには、帰りにサービス所から渡される脱いだ衣服の持ち帰りはなくなっていた。

しかし、人というより、生きているものの活動量も全体としては少なくなってゆくような気がした。それでももともと足腰が達者であったためにドライヴで行く先々に公園などがあれば、私が追いつくのに苦労するほどの速さで歩いた。

そうした日々を過ごしている中で、陽子が感情的にも穏やかでいられるなら車で出歩くのが一番いい介護ではないかと考えていた。そこでデイサービスへ行かない日は朝の食事が済むと後片付けもそこそこに出かけ、遠いところへ行く時は朝食もとらず、喫茶店のモーニングサービスか、コンビニでおにぎりなどを買って済ませた。現在は私が乗っている車でも冷暖房が完備しているので、そういう点でも近代化というものはありがたかった。

私たちの瀬戸には、二〇〇五年の万博『愛・地球博』の会場の一部があったために、高速道路が通っている。その道を北へ走ると間を置かず岐阜県に入り、すぐに中央自動車道につながり、さらに道を進めば大きく見て名古屋市に弧をかぶせたように走ることになる。道路沿いには観光というほどではないが、車を止めて見物するところが、そのあたりの案内書によれば八十数カ所もある。

また、方向を反対側の東にとれば愛知県の中でも一番開発が進んでいない地区で、山野は自然にあふれている。

先に示した名古屋市の北に位置するところは、河川水族館から始まって、関なら刃物の、美濃なら和紙の博物館があり、木曽川を渡れば大きな公園もあって散策するのにも快適なコースが用意されている。

美濃の『美濃和紙の里会館』と『美濃和紙あかりアート館』は再度訪ねるところである。

「和紙画」というものがある。色を染めた和紙を油絵具のように使って描くと言っていいものだが、和紙の持つあいまいな線を生かした絵は、絵具を使ったものとはまた違った奥行のある画となって私たちの目の前に拡げられる。秋に全国和紙画展があり、春に選抜された作家の展覧会がある。陽子もこの観覧は興味を持っていたのでこの二つは欠かせなかった。

美濃は防火壁である「うだつ」の上がっている町で、時代を経た家並みが残っている。その街の中ほどに『美濃和紙あかりアート館』がある。和紙を通した明かりは、むかしから日本人の心をとらえたようであるらしい。「幻想」という言葉に浸る瞬間である。秋に当年の新作展がある。

隣町の関市役所の中に『篠田桃紅美術空間』がある。ここを訪れた時、陽子は言った。

「墨を塗りたくっただけのようだけど、これも絵なの」

私たち凡庸なものはよくわからないが、彼女の墨の形の中に美を見出す人の目はやはり鋭いものなのかもしれない。

隣にある市の図書館の一画に日本刀を展示してあるが、関市は刃物の町だけあって『ナイフ博物館』や『フェザーミュージアム』という剃刀の博物館がフェザーという会社の中にある。

多治見の隣の可児市の『花フェスタ記念公園』はバラを中心とした花の街であるから、春と秋に咲くバラを見に何度も訪れたところである。小さな花、大きなもの、赤や黄色、ピンクの花の間を散策している時は幸福な気分になるし、どういうわけか陽子は前にも訪れたことをときどき思い出すことがあった。バラの季節でない時は、ランなどの展示があってそれなりに過ごすことはできたし、そうした時期はまた意外な花が咲いていて、そんな発見も楽しかった。

この公園の中心に位置するところにナンジャモンジャの大木がある。春のバラの盛りの季節になると、別名をヒトツバタゴというナンジャモンジャは白くて小さな花が集団で木を飾る。陽子はこの花が好きであった。そこでこの花が咲くともう一つのナンジャモンジャを見に行く。

多治見から山間の小さな街を縫って、恵那まで通っている岐阜県道六六号は、所々に『ナンジャモンジャ街道』という看板が立っている。「……街道」と言いながらその木が植えられているのはまことに粗《まばら》で、どんぶり会館と通称のある道の駅の前後と道が恵那に近づいた山間に少しあるだけである。しかし、どんぶり会館の近くには「稚児橋」と看板の掲げられたしゃれた橋が掛かっていて車を止めてたたずむに値する。現にその橋の両側には、車を止めるコーナーがあって、花ばかりでなく橋の欄干に飾られた、笛を吹く童子の像と、白く塗られた橋をそのものを鑑賞することができる。また、どんぶり会館の展望台から望む足元の貯水池と、その緑の木立の中の白い橋の景観は一幅の絵であり、その向こうの南アルプスの展望も気を休める。

展望台から橋を眺めている反対側の谷は「陶史の森」という公園になっている。わかりにくいところである上に大きな看板も出ておらず、山間のものとしては手入れの行き届いた公園でありながら、何度か訪ねても人の影は見えなかった。入り口とおぼしきところに河童と蛙が肩を怒らせて立っているだけであるが、自動車ばかりで萎えた足を気付かせるにはちょうどいい散歩コースとなる。

アキアカネが飛ぶ日などは、茶色になりかけた芝生の上を歩き、ベンチに腰かけて「赤とんぼ」や「ふるさと」などの歌を二人で歌った。

どんぶり会館の正称は『道の駅　土岐美濃焼街道』であり、そこから北西へ、国道十九号＝中山道を超えた八キロばかりのところにある『道の駅　志野・織部』と対を成している美濃焼の本拠地である。

瀬戸、多治見、土岐、瑞浪は、安土・桃山時代以来、名陶の産するところとして栄え、それを生業とする街が谷あいに連なっている。

これらの美と芸を展示する館も、県立、市立、町立、私立など、この地域には十カ所を下らない。常設展は別として企画展はそれぞれ競い合って造形の美しさを演出している。それらをめぐるが、陽子はその展示には興味を示さないので足は繁くなかった。

そこで、奥に入って大正村の明智や、女城主の岩村へ行く。

明智を経て岩村に出、中津川に至る国道三六三号は、名古屋を出発すると私どもの瀬戸を通り、峠を越えて岐阜県に入ると「ハナノキ街道」になる。

ハナノキは愛知県の「県の木」である。春先、桜に先駆けて赤い小さな花をたくさんつける。花が細かいためにちょっと気が付かないが、遠望したとき全体が紅い紗で覆ったようにぼんやりとかすんだような赤みがさす。楓の一族であるから雌雄があり、オスの方が花は多く、したがって赤味も濃い。形はオスが細身でメスはふっくらとしてなにか動物の雌雄を彷彿とさせる。

注意してよく視るとその赤はシックでいい色合いをしている。しかし、街道と言うには程遠く、並んでいるところはほんの一部に過ぎない。秋には楓の一族らしく紅葉する。むしろこの方が見ごたえする。

岩村は山間にあって小さな町だが、城下町の面影を持った街並みを持っている。それは人格に例えれば「古武士」を感じさせる。それを見下ろすところに完全ではないものの城も残っている。

陽子は以前から城を訪ねることが好きだった。女性仲間と連れ立ってゆくこともあったし、二人でも出かけた。松本も、彦根も、姫路も行ったし、九州へ行った時には真っ先に熊本へ行き、城の近くに二泊したこともあった。

「お城が好きなんて変わっているね」と言うと「親父さんが好きだったのよ」と言ったことがある。

そう言えばずっと以前、まだ子供たちが小学生であった鈴鹿にいた時、遠旅東京から両親が訪ねてきた時、「何はともあれ名古屋城へ行こう」と出かけ、大喜びしたことがあった。

岩村城は街を見下ろす山の上にある。勇んで行く陽子の後を歩くだけの私は何度か声をかけて待ってもらいながらなんとかついて行った。

一番高い石垣のふちに立って眺めると、足元の城下町以外は、東西南北みな山の波であった。地図で見るとそこから南北に谷が走っている。北へ行くのは阿木川で恵那へ行き木曽川に入る。南の谷の小里川は途中ダムを作って矢作川《やはぎがわ》に入り、岡崎に行く。言うなれば岩村は山中の十字路のような位置にあったのかもしれない。

飛行機に乗って東北へ行く時、右舷に富士山を見て下を見るとしわしわの谷底に人が住んでいたことが瞭然とする。人の移動が機器によらなかった時代はこのようなところが人という動物にとって住みよいところだったかと思え、山間でも十字路になっているところは重要なところであったのだろう。

この岩村城へ織田信長の叔母にあたる人が嫁ぎ、殿様が早世して城主になったが、甥である信長の言う通りにならなかったと城でくれたパンフレットにあった。信長の叔母は浅井長政のお市の方の叔母でもあるから、現代にまで通じる美形であったのであろうと想像される。私のところまで含めてこの近在で「女城主」と言えば、NHKで『おんな城主直虎』を放送されるまでこの人のことであった。そういうことも岩村の町は歴史の漂いを感じさせる。

いま、中山道の恵那から大正村の明智まで「明智鉄道」が通じていて、岩村の手前の駅に

「極楽」という看板が上がっている。

「そんなにいいところだったのですか」

おもちゃの電車のようで楽しそうだったので乗った時、看板を見てびっくりして聞いてみたら、

「いえ、極楽寺というお寺がありましてね。今はありませんが」

と車掌さんは答えながら「でも、いい駅名でしょう」と言った。

山間にレトロな建物を多く残している明智の大正村は、秋の穏やかな日に逍遥していると、なぜか落ち着く雰囲気があり、詩でも口ずさみたくなる。

秋の日の
ヴィオロンの
ためいきの
ひたぶるに
身に染みて
うら悲し

「私だって知っているわよ」

陽子が突然言ったので驚いて振り向くと、続きを口誦した。

げにわれは
ここかしこ
飛び散ろう
落ち葉かな

「よく覚えているね」

「私、こういう詩なんか好きだったのよ」

思えば長い間一緒に暮らしながら、ついぞこういう話をしたことがなかった。

「これはヨーロッパ人の詩だけど、日本人ではだれが好き」

「急に言われても思い出せないわよ」

「からまつの林を過ぎて、からまつをしみじみと見き。……北原白秋だけど、これは知ってる？」

「知ってるけどよくは覚えていないわ」

「じゃ、俺の後をついてきて」

「いいわ。ゆっくりね」

からまつの林を過ぎて
からまつをしみじみと見き
からまつはさびしかりけり
たびゆくはさびしかりけり

からまつの林を出でて
からまつの林に入りぬ
からまつの林に入りて
また細く道はつづけり

「そうだ。おかあさん、今度カラマツ林を見に行こう」

「うん、行こう。これから？」

「明日か明後日、いい？」

「うん、いいよ」

大正村に何度か通ううち、裏通りの喫茶店の一軒にぜんざいを出す店を見つけ、訪れればそこに寄ることにしていた。なぜか陽子はそこへ落ち着くとよくしゃべった。

「近所にね、チャーマーさんという肉屋さんがあったのよ。外国人だけどドイツ人だったから戦争中もいたのよ。子供のころだからよくわからないけど、ヒトラーに反対して国へ帰れなくなったという話だったわ。その肉屋さんにね、戦争が終わったらアメリカ人が肉を買いに来るのよ。

洋服の人もいたけどほとんどが兵隊さんだったわ。そうすると兄たちは「チューインガム」「チューインガム」「チョコレート」「チョコレート」と手を出しながら行くのよ。ヤでしょ。自分たちがもらってくると「お前ももらって来い」って言うのよ。「ヤだ」「ヤだ」って言うのに二、三人で手を引っ張って行かされるのよ。「ヤだ」「ヤだ」って転んでひざを擦りむいたこともあったわ。本当にヤだったわ」

嬉しかったことは覚えていないらしい。

「フィリピンに行ったことがあるでしょう」

「うん、あるよ。それは覚えているの?」

「覚えているわよ。去年行ったばかりじゃない」

春樹がまだ学生のころだから二十年以上も前のことである。

「向こうへ着いたときずいぶん遅かったじゃない」

「そうだったね。乗り継ぎの時なんか事故があったとかで五時間くらい遅れて、マニラに着いたのは夜中だった。春樹と落ち合う場所がわからなくてしばらくウロウロしていたんだったね」

「そうよ、その時よ。子供たちが「おっさん千円」「おっさん千円」って手を出してついて回っていたじゃない。ダメ、ダメって言ってもついてくるじゃない。哀しかったわ」

認知症というのは、記憶するものによって保管される場所が決まっており、脳の装置が壊れていないところは、年月に関係なくきちんと記憶が残っているのかもしれないとも思われた。

そうして巡っているのは鄙の富んでいるところであるから、花の行脚も楽しいものとなった。

巡っているうち、いつ、どこで、どのような花が見られるか、おおよそわかってきた。

カラタチのように、人がまだ戸外を歩き回るのをためらう季節に花をつける木もあるが、やはり、梅、桜と咲くようになると野山が一気に美しくにぎやかになる。

野が華やかになる前に咲くカタクリは、まだ残っている寒さに下を向いて震えるようにしている。季節の花らしく薄紫のその姿は頼りなげで、何か佳人薄命という言葉を連想させる。足《あ》助《すけ》の飯森山に地の人が大切に育てており、巡回路に案内される。ついでに言えば飯盛山は紅葉の名所・香嵐渓《こうらんけい》が山すそを半周している。

カタクリが咲く時期はハナノキも満開になる。

私はハナノキの紅が好きである。最初多治見市内のはずれの部落に、その真ん中に守り木のように立っている高木が紅に染まっているのに感動した。

私たちの瀬戸市のはずれに、尾張徳川家の菩提寺である「定光寺」という臨済宗の寺がある。寺のあるところは桜と紅葉で有名な一つの見所となっているが、裏山の一段高みになっている展望台のある一角にハナノキが三十本ほど植えられている。隣町の植物園にもいい木があり、赤に濃さは少ないがハナノキ街道のハナも見に行く。

桜は何といってもやはり王様である。私たち日本人はただ〝花〟と言えば桜を指すように、心の中に入り込んでいる。

それだけに桜の名所は各地にあり巡り切れるものではない。たとえば私の家は小山の頂上にあり、向かいの山は公園になっていて窓を開ければ毎日花見ができるので、たまにはそこへ行ってみる。

桜の下に佇み、その香につつまれながら、風もないのにはらはらと降りかかる花びらを浴びていると、なぜか涙が出てくる。

桜の木の横に数頭のサルが檻の中に入れられていて私たちを眺めている。近く寄ると大騒ぎして手を出すので、陽子がそれにパンなどを渡す。それをぼんやり見ている。

唐突に啄木の歌が口端に載った。

東海の小島の磯の白砂に
　われ泣きぬれて蟹とたはむる

桜が散り始めると、隣町の「緑化センター」へ行って雪柳の見事な白の回廊の横を散歩する。そして天気が良ければ広いセンターの中を一巡する。

職員の一人が、花壇に花苗を植えていた。

「あ、それはプリムラよ。ね、そうでしょ」

陽子が作業をしている娘さんに声をかけ、後ろを向いて私に「赤いきれいな花が咲くのよ」と言った。

「はい、そうです。よくご存じですね。これは黄色の大輪が咲きます」

「そう、黄色もあるの」

「はい、こちらは明るい空色です」

「そう、そんないろいろあるなんて知らなかったわ。いつ頃咲くの？」
「二週間ほどしたら咲き始めます。どうぞ……」
プリムラなんて私は知らなかった。帰って調べたらサクラソウの舶来種をなべてそう呼ぶとある。
それにしても草花の葉を見ただけで言い当てる、陽子の頭の脳の不思議さを思わずにいられなかった。

「脳」について『広辞苑』では次のように書かれている。

【脳】中枢神経の主要部。脊髄の上端に連なり、脳膜に包まれて頭蓋腔内にある。かすかに紅い灰白色。大脳（冬脳）・間脳・中脳・小脳および橋・延髄に分けられ、とくに大脳は人の意識活動の中心で、一般に脳といえば大脳をさすことが多い。人の脳の全重量は平均千三百グラム。脳髄《のうずい》。

脳は人ばかりでなく、魚や昆虫などを含めた、脳を持った動物にとって生きること＝食べることと、種をつなぐこと＝子孫を残すこと、という生物の二大目的のための司令塔である。

動物としてのヒトは、この二つの大きな目標を達成し、地球にあふれるほどの繁栄をしたために生物として一番頭が良い、したがって相対的に一番大きな脳を持ったと思われている。事実、発掘された類人猿の化石は時代が新しくなるにしたがって、脳を入れる頭蓋骨は大きくなってきた。

しかし、その後、とくにDNAの発見以来急速に生命科学が進み、脳というものはその生物が先の二つの目的を達成するために、より有利な大きさを獲得してゆくものだということがわかってきた。また、それと全く同じことで、二つの目的のために不必要なものは退化させるように変化してゆく。たとえば人に尾がないことなどである。

一つの例がある。豚はイノシシを家畜化した生物である。いつ家畜になったのかはよくわからないが、早くて一万五千年くらいであろうと言われている。その豚の脳は現在イノシシと比べて三分の二以下でしかない。生きるための食糧の確保に脳を使うわけでもなく、子孫を残す時もライバルと争う必要のない脳は、これだけの短い期間に退化してしまったことになるという。（島泰三『ヒト』中公新書）

DNAという設計図によって構築されている生物の成り立ちはまことに精巧にできている。これはもう感に堪えないというほかに言いようがないほどである。誰かが考えたというなら、これこそ神業というものであろうかと思える。

キリストとかアッラーとかお釈迦様とか、そんな人間臭い神仏でなく、もっともっと透明性の高い、気配を感じただけで頭が自然と下がるような雰囲気を持ったお方と思える。

一つの生命体の中に目に見えない微細なものが一つ紛れ込んできても、ただちに排除する機構が動き出し、相手が意外と強力なものであれは応援に駆け付ける手配さえする。また食べられそうなものがあって消化されなければ、それを溶かす酵素か、酵素を作り出すウイルスを見つける方法まで教えるのである。

それが脳の役目である。

ところが、不逞の輩であるヒトという動物は、悠久の年月をかけて構築した神様の枠組みである二つの目的を逸脱する行為を始めた。子孫を残せなくなった体は、生物としてもう用済みであるから消えてなくなるはずなのに、一人前以上の厚顔で厚かましく生き続けている。

「そこまでは用意していない」と言っても聞く耳を持たないばかりでなく、一部のものは現役のものを押しのけようとまでしている。

神様は呆れたろう。「そんな勝手なことをするなら、もっと勝手にするがいい」と言いたいのではないか。その表れがガンと認知症だと思えてならない。

生物体は、自身を有機的に構成している細胞が絶えず更新することによって〝生きる〟ことが保たれている。ガンは本来あるべきところにない細胞が所定外のところに居付き、しかも増

殖することである。（福岡伸一『生物と無生物の間』講談社現代新書、ほか）
認知症は脳が脳として機能すべきタンパク質が欠けて補充されないことだとわかっている。しかし、これもガンと同じようにどうしてそうなるのかわかっていない。いずれも生命体の本来の姿の外にある現象のようである。（M・ロック『アルツハイマー病の謎』名古屋大学出版会）

雪柳が終わり、バラの盛りが過ぎると日差しが夏の光を漂わせ、矢作川のやや上流沿いに「ささゆり」と書かれた旗が並び、案内図が出る。

ささゆりの花びらが、うすい紅を刷《は》いたような姿は清楚な乙女を思わせ、しかも笹の群生の中にきりっと立つのは笹の濃い緑と相まってりりしさまで漂わせる。

土地の人が丁寧に手入れしている群生地を九十分ほどかけて一巡し、協賛金を払うとお茶のサービスがある。

私は暑いところでの熱いお茶に満足すると、陽子に「ちょっと待っててね」と言って車を冷やすべく、やや高みになっているそこを駆け下りた。

陽子が何か言ったのでエンジンをかけて振り向くと、私が駆けた坂の上で声を出している。近づくと「怖いよ」と聞こえた。「そっち」と私は右手をさして迂回する道を示しながら、陽子がそういう路をめぐって降りてくる歩き方ができない脳になっていることに気づいた。

陽子と私の間は急坂が五メートルあった。三メートルくらいまで近づき「ゆっくり降りてくれば大丈夫だよ」と言うと彼女は意を決して足を踏み出し、飛び込むように私の腕に入った。

「おとうさんは優しいね」という声が周りでいきさつを見守っている人たちの中から上がった。屯《たむろ》している土地の人たちの面前で舞台の上の演技をしているようなその場面に、女の人は手をたたく人までいた。

私が陽子を受け取ったところはお茶をだされたのとは別のテントで、弁当や野菜などを販売していた。

「奥さんは優しい旦那さんで幸せですね」

売り子の一人が言うと、陽子は臆面もなく「うらやましいでしょ」と言って微笑した。

「あら、これはこれは……、ごちそうさまです。どうですか。お弁当二つで一つの値段にしますが」

「そしたら、二つ分払いますから、この花の苗を付けてください」

「結構ですよ」

私は表通りへ出てクーラーのきいた店で食事をするつもりを変えるより仕方なかった。冷え始めた車の中で食事をとっていると、婦人の一人が窓をたたいた。

「旦那さんは去年も来ていただいた方のように見受けましたが」

「はい、今年で三年目です」

「それはそれは、ありがとうございます」

そう言って戻ると売り物のネギの一束を持って来て、「どうぞ召し上がってください」と言った。

ささゆりを群生させているところは、そこから北へ、岐阜県に入ったところにもあった。そこへ行くには細い県道を通らなければならない。場所によっては「クマ出没注意」という看板も出ている。

クマには出会わなかったが、ウリ坊には出会った。子供だけにこちらの方が先に気がついた。止まって見ているとと下を向いてとことこと歩いてきて、気が付き、瞬時凝視すると野生の速さで身をひるがえし、藪の中へダイビングした。降りて藪をのぞいても一草もそよともしていない。駆け去った気配もないからまだその辺に身を潜めているのだろう。

「お母さんに叱られているよ、きっと。駄目じゃないの、一人で行っちゃいけないって言ったでしょ。人間って怖いんだからね。捕まえられると食べられちゃうんだからね」

「ぶたれるかなぁ」

「ぶたれるわよ。棒でパンパンって。かわいそうだね」

「イノシシは棒が持てないから大丈夫だよ」

「持てないって……。そうだね、イノシシは前も足で手がなかったんだったね」

また林道を森の中へ入る。と、短いトンネルの暗さになる。

「お化けが出るよ」

「じゃ、ちょっと停まろうか」

「なんで。お化けが出るんだよ」

「一度お化けに会ってみたいと思っていたんだ」

「お化けは怖いんだよ。足がないんだから」

「コーヒーを奢ってやるから、足がないのにどうやって歩くのか教えてくれって聞きたいんだよ」

「言葉が通じないよ」

「日本のお化けなら日本語はわかるさ」

「わかっても喋れないんだよ」

「しゃべれなければ出てきた楽しみがないじゃないか」

「お化けにはお化けの楽しみがあるんでしょ」

そんな無為なことを話しながら山間の道を走っている。一カ月二千キロを超えたことも何度かあった。そうした日々の中で陽子は言葉も歌も少しずつ少なくなっていった。

特に入れ歯が合わなくなって外し、新しいものを作るのも嫌がって〝ハナシ〟に近くなると昼のところが窪み、老人から一気に媼《おうな》になってしまった。

媼になると生きる力である〝食べること〟も減りだし、はたから見ていても〝生命力〟が小さくしぼんでゆくのが見えるようになっていった。

日記によると平成二十一年七月七日のことである。

その日の昼は稲武の道の駅『どんぐりの里いなぶ』にいた。

稲武は愛知県の東の端で、現在は豊田市の一地方であるが、県境にある十字路の街である。その日は岩村から二五七号で南下してきた途中で陽子が「おなかが空いたよ」と言ったので、久しぶりに食が進むことを期待して急いだ。

道の駅ではうどんを注文した。陽子の箸は最初の五口くらいは勢いがあったが、中ほどになると急に止まり、いつものように「もういいよ」と言って箸を置いてしまった。

「ゆっくりでいいからね。もう少し食べなよ」

「おいしくないんだよ」

そう言いだしたら諦めるより仕方なかった。コーヒーもいらないと言ったので、外の暑さを思って買う予定もない店の中をゆっくり歩き始めた。

一隅に近在の写真が掲げてあり、そのうちの一枚に目を止めた陽子が、

「これ見たことあるわよ。水芭蕉でしょ」と言った。

なるほど、「〇〇沢の水芭蕉群生」とある。

「近所に咲いているんでしょうか」

店員の一人に聞くと「詳しいものを呼んできます」と言って陽に焼けた青年を伴ってきた。

「車ですね。ここから四キロほど行ったところに駐車場があります。地図を書きましょう。そこから山道を二キロほど入ったところの沢に咲いています。はい、いまが満開です」

道は最初の百歩ほどは広かったが、あとは山道そのものになり、陽子が先に立った。三十分も歩いたろうか、いつもと違って陽子の足の勢いが鈍った。

「まだ行くの」

「どうしたの。まだ半分も来ていないと思うよ。くたびれたの？　俺が先に行こうか」

「うん、交代交代」

再び歩き出して百歩も歩いたかと思うと、後ろから声がかかった。

「まだ行くの」

「今休んだばかりだよ。今日は変だね」

「どこへ行くのよ」

「水芭蕉を見に行くんだよ」

「水芭蕉って何よ」

「白い花だよ。さっきお昼食べた時の店で見たでしょ」

「そう、行きたくないよ。帰ろうよ」

つい先日まで歩くことにかけてはいつも先に行っていた陽子の顔を改めて見ると、木洩れ日の中で生気を失い、口のすぼんだ媼が途方に暮れた表情で立っているだけであった。

何かその日から陽子の体力が急に衰えたような気配がした。家では食事は波があって、あまり気に留めていなかったが、デイサービスからの連絡では、食が進まないということが目立つようになった。


狂牛病（BSE）はプリオン病の一つと言われる。以前の病名は伝達性スポンジ状脳症といった。福岡伸一さんの本『プリオン説はほんとうか？』に次のようなくだりがある。

『伝達性スポンジ状脳症』は……感染すると数年から十数年もの長い潜伏期間を経て、病状を呈する。症状としては、……ヒトの場合は、不安、意気消沈、焦燥、引っ込みがちといった自覚症状があり、歩行異常などの運動障害が出る。次いで記憶障害、認知障害へと進行する」

陽子の病状は、ここに書かれていることをなぞるように進行しているようであった。

ヒトばかりでなく、生きているものはいずれ死ぬのであるから、「死ぬのは嫌だ」と言っても避けられるものではない。

しかし、その生の最後にあたって、自分が何者であるかわからないばかりか、人の厄介にならなければ生を全うしてゆくことができなくなっていることすら自覚できていないというのは悲しいことであろう。

陽子は今まで車に乗っていても居眠りすることはなかった。稲武での水芭蕉見物の中止以来、とくに夕方は寝るようになった。

旅

「三十年近く前、愛知県の地図を眺めていた。県の東方の三河の部を虫めがねでながめながら、山中に、

『松平』

という極小の活字を見つけて、うれしかった。考古学者が思わぬ土器の破片でも見つけたような気持だった。」

これは、司馬遼太郎の『街道をゆく四十三　濃尾参州記』の「高月院」の節の出だしの部分である。

続けてその記は「さらに地図をこまかくみると、そのあたりに水流がないことを知った。すこしくだれば、細流がある。ほそぼそと山田を耕す農民が、わずかにいたであろう。水田の豊かな地から戦国の豪族が興るという常識から言えば、徳川氏の遠祖は、ずいぶん暮らしにくげ

な辺地から出たことになる。」と続く。

ちなみにこの高名な作家が行った年は一九九六（平成八）年であるから、それより三十年といえば、半世紀前となり昭和四十年ごろとなる。そのころ松平郷は隠れ里のようであり、その奥まったところに端座した「高月院」は疎林の中に屹立した貴婦人のような面影であったろうと思われる。そこに至る小径を登ってゆくと、黒瓦を乗せた真っ白な築地塀が美しかったと書いてある。

築地塀は今でも美しい。初夏にはその前に濃い紫の菖蒲が並び、アキアカネが飛ぶ時期にはヒガンバナの真紅が絵よりも鮮やかな色彩で飾る。

高月院は松平＝徳川家の菩提寺である。

国道三〇一号線は豊田市を出て山間の小さな部落をつなぎ、新城市を経て浜名湖に出る道であるが、足助を流れている巴川が矢作川に合流するところより少し上流で渡ると、松平郷に入る。看板が出ていて「松平城址跡」の枝道をやや進むと「松平東照宮」があり、季節にはこのあたりの桜の名所の一つとなっている。松平初代親氏《ちかうじ》の屋敷跡だと言われている。

そこでもらった系図によれば、家康はその九代目とある。東照宮の向かいに「松平郷園地」があって、山賤《やまがつ》姿で刀を差している親氏の像が立っている。むろんこの像は現代に作られたものであろうが、穏やかで品のある顔立ちになっているのが好ましい。園地であるから散策できる公園である。パンフレットには百七十種類の樹木山野草が植えられていると書かれており、四季折々に花が咲く。

そこから散策路を登っても、横の舗装路を行っても「天下茶屋」というところそばを出す店の脇を通って高月院に至る。

私たちの瀬戸から松平へ行くのは、以前はずっと迂回しなければいけなかったのでなかなか足が向かなかったが、東海環状というバイパスが通ってからは一時間とかからない至近な距離となって、頻繁に足の向く所となった。

天下茶屋の主がまたまめな男で、里に咲く花、訪れる小鳥の群れを月に何度か配信するので、一段と近い所となった。

その時もトサミズキの黄、ハルトラノオの可憐な白が咲いたという知らせがあって出向いた。ほかに梅が咲いていた。まだ風が冷たく桜の時期ではなかったので、訪れる人は少なかった。

私たちは肌寒い中でけなげに咲いている花を見、散策路を歩いている時に、他に何もないのでは寂しいと気を利かせたウグイスが声をかけてくれたのにほっとして佇み、啓蟄は過ぎたのを気がついて、池にオタマジャクシの姿を探した。昼には少し早かったが、天下茶屋に座ると、陽子も好きなところそばを食べた。

ゆっくり昼を済ませると、陽子が「トイレ」と言うので、別棟になっているそこへ行き、私は母屋とそれの間にある通路で待っていた。

「お父さん、お父さん来て」

陽子が大きな声を出した。

幸いというのも変だが、かぎ型に五つほど並んでいる女性トイレには陽子の他に誰も入っていないようだった。

「どこ？」

声をかけながら入ってゆくと「ここよ」と言いながら陽子は少しドアを開けた。

見るとたたきに和式便器が穿ってあって、陽子はそれをまたいで半立ちしていた。パンツが膝まで下りていなくて便の一部がそれに付いていた。体には付いているのかどうかはわからなかった。そういうトイレの使い方を忘れてしまったのかもしれない。

「お母さん、そのまましばらくじっとしていてね。動いちゃだめだよ。タオルなどを持ってくるからね。我慢するんだよ」

「うん、待っているよ」

私は車へ走りながら、ハサミかカッターで切ってしまえば簡単だと思ったが、生憎《あいにく》とそういうものはなかった。車はその日、横着して駐車場へ止めず、茶屋の前の道路脇に止めてあったのですぐ戻ることができた。

そのトイレ全体はコンクリートのたたきであって、打水がしてあったが、やや乾いているところに新聞紙を敷き、そろそろとそこへ陽子をいざなった。新聞紙の上に乗せると、まず靴を脱がせ、靴下をとりズボンを脱がせるしかなかった。端から見ればまことに滑稽な様子に見えたろうと思える。

認知症という陽子にとりついている病気の症状は、陽子にどんなことができなくさせ、どういうことはまだできるという境がはっきりしない。〃一昨日まではできたのに、今日はできない〃ということもある。

陽子と二人で家にいて椅子に座ってじっとしているわけにはいかない。家にいれば何かしたがる。その行為は普通に暮らしている者には考えの及ばないことの連続だと言っていい。重ね着することは以前に述べ、デイサービスとドライヴで収まりつつあることも記したが、家にいて放っておけば復活する。

〃オレの眼鏡がない〃などと言うことがある。眼鏡がなくとも全然見えなくなるわけではないから生活ができないほどの支障をきたすことはないが、新聞は読めないしテレビもかすんでしまうので不愉快極まりない。家中探しても見当たらないので二日後にメガネ屋へ行って、データをもとに新しいのを作ってもらい、以後はカギのかかる引き出しにしまって寝ることとする。さらに二日後に陽子の椅子の座布団のカバーの中に入っているのを偶然に見つける。

〝人を困らせてやろう〟というような悪知恵は働かないはずであるから、彼女にとっては〝かたづけ仕事〟がそうなったのであろう。

むろん尻の下に敷かれたそれは使い物にならない。こちらは大枚を出して買ったものという意識があるからとがったものの言い方になる。すると陽子はそうしたものには敏感に反応してイライラしだし、ティッシュペーパーを噛むなどをする。さらにそれが高じると「私を馬鹿だと思っているんでしょ」という病気特有のひがみが始まる。

その点自動車に乗ってしまえば重ね着することもできないし、かたずけをすることもない。また座っているだけだが絶えず外の景色が変わってゆくために退屈することもないようだった。ドライヴが介護だというのも変な話であるが、このようなことでしかたなかった。

雨の日は道の駅かスーパーをはしごする。スーパーには本屋が店を出しているところがある。私が買うつもりもない本を眺めていると、本を抱えてもじもじしていることがある。

「お母さん、それ買いたいの？」

「お金ある？」

「それくらいならあるよ」

買っても読むどころか、中を見もしないだろうとわかっているが、「はい」とお金を渡すと嬉しそうに「よかった」と言って微笑む。

そうして『女の魅力は心映え』『子供という主題』『女性のための新しいマナー』などという本が本棚に並ぶことになる。

認知症という病気は人によって症状がいろいろな形で出るらしい。それらは、いずれにしても普通の生活から見ると全くちぐはぐな日常となる。

思えば私ども二人の生活は新婚旅行のドライヴから始まった。五十年を経て、不治の病に侵された陽子を横に乗せて、今また自動車を走らせているのはモータリゼーションの時代の子である象徴のような気もする。

新婚旅行は芭蕉の『奥の細道』をなぞることにした。結婚休暇は一週間であったので、すべてをなぞるわけにはいきかねたが、東北は充分に回れると見込んで、その頃はほかになかった交通公社へ相談に行った。高速道路がないばかりでなくロードマップも店頭にない時代である。

「私どもにも車で走った者がいないので、どのような道路状況なのかわかりませんが、ご希望のコースの支社に問い合わせて調べてみましょう」

改めて約束の日に行くと言われた。

「一日二百五十から三百キロで日程を組めば大丈夫でしょう」

「えっ、時速三十キロも走れないのですか」

「ええ、東海道筋と違いまして、やはり東北は田舎ですから一級国道といっても完全舗装されていないところもあるそうですよ。町井さん、それでもついこの間までは徒歩旅行で、一日三十キロなんていったら大変な強行軍だったんですよ。一日ですよ」

「それもそうですね。文明の利器に感謝しなければいけませんか」

「そうですよ。くれぐれも安全運転で行ってください。お願いしますよ」

車はトヨタのパブリカ（カローラの前身）六〇〇CC。新車であったが、それまでに乗っていたコロナとスバル360の中古が故障続きであった苦い経験もあって、店員の言に従って日程を組んだ。

芭蕉は白河の関から陸奥へ足を踏み入れた。関を超えた時、「風流の初めやおくの田植えうた」と詠んで気持の昂ぶるのを記した。路は現在の国道四号をとって多賀城を超えて平泉に至っている。

夏草や兵どもが夢の跡

五月雨の降り残してや光堂

日本史は鎌倉幕府以来、明治になるまで武士が政権の座にあったが、その政権を拓いた源頼朝の祖父の時代までは、多賀城から北に住んでいる人は「蝦夷」と呼ばれていた。要するに野蛮人である。その中でも京の朝廷の支配地に居住した人々は「俘囚」と称された。縄はかけられていない捕虜のことである。

その俘囚集団の一つの頭目の阿倍貞任《さだとう》が、同じ人間として割拠・独立すべく兵を興した。貞任は朝廷の派遣した源氏の兵に敗れたが、彼の妹の子＝甥である藤原清衡《きよひら》によって一族の念願は果たされた。

貴族と俘囚の申し子である清衡の王国は「藤原三代」と世に言われ栄華を誇った。二代から三代に移る時、頼朝の弟、源九郎義経がそこで育ち、のち追われる立場となって最後の頼みとして主従が身を寄せたことも周知のことである。

藤原王国は頼朝によって征され、以来、人も山河も日本国の一部となるが、義経は生きて逃れ、遠くモンゴルに至ってジンギスカンに変身したという伝説は二十世紀まで残っていた。

その二十世紀に、日本列島の中では東北が一番早く拓け、藤原三代よりも三千年も前に立派な王国に値する集落さえできていたことが明らかにされた。平泉より北の陸奥湾の奥の「三内丸山遺跡」である。藤原三代の人たちも、さらにずっと時代が下がった芭蕉も知らなかったであろう。

芭蕉の行脚はここから出羽の国（山形県）に入り、立石寺を詣でた後、尾花沢を通り、最上川に沿って西行し、日本海側へ出てゆく。

閑《しずか》さや岩にしみいる蝉の声
まゆはきを俤《おもかげ》にして紅《べ》粉《に》の花
五月雨をあつめて早し最上川

私たちが「アテンダント」(従者)と名付けたパブリカはよく走った。平泉から芭蕉のコースを外れて、そのまま北上川を遡上し、盛岡へ出、さらに北上して十和田湖まで足を延ばした。盛岡はその時から四十年後、改めて東北一周の旅に出て、その途次、「さんさ踊り」を見に再訪することになるが、その旅の時は小さな地方都市で、市域に入る看板からそこを出る標識を見るまでに信号機が一カ所しかなかった。また通過する道も細かった。

昔の人は足が達者だったのだろうと思わせる。芭蕉は日本海に出る前に最上川に沿う道から離れて南下し、出羽三山を訪れ、北上しながら酒田に入り、その足を延ばして象潟に至っている。

松島は笑うが如く、象潟はうらむがごとし。
寂しさに悲しみをくはへて、地勢魂をなやますに似たり。
象潟や雨に西施がねぶの花

「地勢」を司馬遼太郎は「景色のおもむき」と訳している。

私たちは奥入瀬川の紅葉を見ながら十和田湖に至った。湖は湖岸の多彩な色を映して美しかった。それは、宿屋の番頭さんが車のナンバーを見て東京から来たのを知ると、湖の名魚・和井内鱒をご馳走してくれた行為とともに今でも残っている。和井内貞行が二十年の歳月をかけて十和田湖でのマスの養殖にこぎつけた苦難の物語は少年の時に読んだので、湖の澄んだ水にその感激を重ねた。

しかし、そこから大舘を経て能代へ出る道はひどかった。今時で言えば県道の三桁の道より劣った。そのあたりは車社会にまだ入っていなかった。一級国道七号が能代市から米代川に沿って大館まで来ている。一級国道はやはり一級であるからそれに乗れば日本海も近く、南下も順調な走行が得られた。

象潟湾は芭蕉の時代と全く違っていると、句碑の立っているお寺でくれたパンフレットにあった。

芭蕉は「江の縦横一里ばかり、俤、松島にかよいて、又異なり」と書いている。入り江の中にたくさんの島々が浮かび、それぞれ松をいただいて東の松島に比べるほどの見事さを描き出していたのであろう。芭蕉はその一島にある寺に上がり、先に挙げた句を詠ずる。

この〝滄海変じて桑田をなす〟地殻変動や芭蕉が上がったお寺とその由緒については、私たちが訪ねた後、二十余年後に大作家・司馬遼太郎が訪れている。『街道をゆく二十九・秋田散歩』の名文に譲ることとしたい。

その時、雨は降っていたかどうかはわからない。しかし雨が降っていなければ西施とねむの花の取り合わせは言葉を並べたものにすぎなくなってしまうだろうと思える。

私たちが句碑の前に立った時は晩秋でねむの花の時期ではなかったが、陽子の思いいれのある一句であったし、私も好きな句であったので肩を寄せ合って感慨を持った。

「西施《せいし》の時代は『臥薪嘗胆』という言葉が生まれた時代だと高校の先生が言っていましたけど……」

「そうですね。恨みを晴らすために薪の上に寝たり、胆をなめて怨念の気持ちが薄らぐのを防いだなんて、まるで人が動物そのままのような生き様をしていたようで、西施もその中での男女のことですから愛の表現も激しかったのでしょうね」

「『顰《ひそみ》に倣う』という言葉もとは〝西施の顰に倣う〟ということだったらしいですね」

「西施は胸でも病んでいたらしくて、時々胸に手を当て眉を寄せたとありますね。たしかに絶世の美女が憂い顔をした風情は男にとってたまらんものでしょうから」

「私なんかが眉を寄せても〝なんだ、何が気に入らんのか〟と言われるのがせいぜいですけどね」

「あはは。だからそういう言葉が生まれたのかもしれませんが、ま、お互いにそういう境遇になることはありませんから、ま、いいとしましょう」

合歓と書いてどうして〝ねむ〟と読ませるのかは知らないが、象潟、雨、西施、合歓と重ねたたったの十七文字で一冊の本ほどの広がりを持つ物語の世界を現した芭蕉の芸術には感服するしかない。

象潟を出て南下すると左手に鳥海山が見える。美しい山である。独立峰であるから富士山に似ている。途中車を止めてしばしその姿に見とれた。畑に出ている人に聞くと「遊佐《ゆざ》です」と言ったのでその地名が今でも記憶に残っている。

いつかこの世にいられなくなった時、地獄へ行くしか仕方ないものだったら、せめて灰の一部を遊佐の近辺に埋めて気休めしたいものだと思うほどであった。

幸いにして縁があったのかその後二度の訪れをすることになった。一度は仕事で、二度目はそこから少し南下した新潟県の村上まで縄文遺跡を見に来た時である。それぞれ訪れた時期が違ったが、ほれぼれとするその美しさは、季節を超えて変わらなかった。

私たちは酒田から最上川を遡上して山形の県央に入り、天童、山形を通り、上杉の城下町米沢の手前、南陽市で降りた。南陽市の中心は赤湯温泉である。戦争中、私たちは集団疎開でここに来ていた。逗留していた旅館はすっかり改修されて奇麗になり、代も替わりわずかに先代の女将さんが当時を覚えていた。「あの頃は食べるものがなくてねえ、皆さん大変でした。それから思うといい時代になりましたねえ」としみじみと言った。

思えばわたくしたち二人の生活は、生活そのものが漂泊の旅のようなものであった。その時代にしては先駆けて自動車で新婚旅行に行ったのは、それを暗示するような旅のような気がする。むろん最初からそのような生活を送るつもりはなかったが、振り返ってみれば成り行きでそうなってしまっていた。結婚してからの引っ越しは十回を数え、家は五回も建てた。三人の子の生まれたところはそれぞれ違ったし、私自身は勤め先を九回も替わった。全く普通の生活をしている方から見たら、「なんと腰の落ち着かない人たちだろう」と見えたにちがいない。

変転の生活が始まったのは、義兄が「助けてくれないか」と言ってきたのが始まりであった。労働環境の全く違うその誘いは、一面では私にとっては全く救いの手でもあって、後々から考えても運命のような招きとも言えた。

戦争が終わった時、十歳の小学校五年生であったわたくしたちの世代は、満足に食べるものがなくて打ち萎れていた。そして、萎れて育ってゆく中で、その戦争を仕掛けた大罪人として世界の人々から非難され、頭を下げ続けて生きていかなければならない国に住んでいることに、たまらない惨めな思いのうちに成人になっていった。

食べるものが十分あって、近隣の国々を侵略することもなく、平和のうちに過ごせるようになるには日本も社会主義国家にならなければいけないのではないかと思っていた。思っていた以上に、そうなるべきだと信じていた。〝信じる〟ということでは宗教で神や仏を信じるのと同じことであるが、こちらは〝科学的社会主義〟と言われる。〝科学〟がついているために必然のことだと考えられていた。

それには労働者が労働組合に結集し、力を得て、世の中を指導するものだとされていた。ところが現実の社会はとてもそのように進んでゆく気配は見せず、労働組合も結集するどころか頼りにならないこと甚だしかった。そのころのアンケートでも、「困った時の相談する先はどこか」というのに、ほとんど〝親兄弟か親類〟とあり、〝労働組合へ〟は五パーセントもいかなかった。それほど頼りにされていなかった。

それればかりでなく、世界の動きが以前とは全く違って詳細に伝わって来る時代になって、〝科学的社会主義〟を標榜して国家を作った国々はおよそ民主主義とは縁遠く、その指導者は人類が長い年月をかけてやっと確立したヒューマニスティックな精神のかけらも持ち合わせていない専制帝国の皇帝の如くふるまっていると知らされた。

私は結婚していた時の会社の労働組合で、その年の翌年と、さらに一年おいた年に、その組合の書記長をしていた。組合員はおよそ三千人いた。

二度目の時の賃金引上げほかの「春闘」は作戦がうまくいって、いい回答を得て、さらにもう一押しすべく「ストライキ権」まで確立した。温厚な組合で通っていたので画期的な出来事であった。

そのようなことには必ず反動が来るものである。一部の組合員が職種別組合を作る動きを始めた。世に言う「第二組合」であるが、そのころ幾多あった例を見ても、それができれば労働者の日常はお互いの不信で地獄になる。きわどいところで事前にキャッチした組合は、何もかも放り出すような形で総辞職し終息した。

私は書記長の専属を解かれて職場へ戻ったが、精神は糸が切れた凧のようにさまよっていた。義兄が来たのはその時である。運命と感ずるほかはない。私は何もかも忘れて、体を動かす仕事だけの生活がしたかった。

義兄の会社は小さかった。零細そのものであった。四人しかいない職人も、世間に出して通用するものは二人だけだった。貸し店の工場も小さく、これから作る二十八メートルのクレーン三台の長さ方向からは半分しかなかった。

「ここで作りたいと思っている」

社長に案内されたのは隣の佃煮工場の石炭の燃え殻の捨て場であった。でこぼこである。

「整地はいつ頃ですか」

「それがね、こういうものは早くから予約しておかないとダメなんだそうで、二十日くらいかかると言うんだよ。どうだね待てるかね」

「納期からすると、そのころには一台目が組み上がっていなければならないから無理ですね。この状態から始めるより仕方ありません」

「できるかね」

「もともと無理な話ですからやるだけやってみて、駄目だったら頭を下げるだけでしょう」

「ま、よろしく頼むよ」

すべて、ないない尽くしから始まった。

私は社員の尻を叩いて準備しながら人手探しに飛び回った。労働組合の仕事をしていたことで、接触したわずかな手掛かりを訪ね歩き、また、かつての同僚であった者を訪ねた。

新しい工場は葛飾区の金町。寅さんの故郷・柴又の近くである。人手を訪ねたのは京浜工業地帯だったからすぐには集まらなかったが、ないない尽くしの中で始まった作業が動き始めるころには現れだし、製造工場らしい体裁が少しずつ整いだした。

クレーンの注文を出したのは△△重工という一流会社であった。一台目を搬入した時、担当者は私の肩を抱いて喜んでくれた。というのは以前に工場を訪ねてきて現状を知っていたからであった。彼はその後、工場内の設備についてクレーン以外の件でも間断なく仕事を回してくれた。私もいろいろな経験をした。

そういうこともあって、クレーンの仕事が終わっても私は忙しかった。〝休む暇もない〟という言葉を地で行くような日常が続いた。

義兄は江戸川区平井に住み、そこが事務所になっていた。私の生まれたところでもあるが、約束によって彼の家の近くに家を建ててくれた。しかし、新築のその家にも一年ほどしか住むことがなかった。神奈川県厚木の近くに新工場を建て、私はそこを任されたからである。そこでも仕事漬けの生活が続いた。

義兄の会社にいたのは約四年であった。その間、三人になった子供と遊んだ記憶というものがない。下の娘が生まれたのは平井の家に住んでいた時であるから、陽子の日常は娘を乳母車に乗せ、次男の手を引いて長男を幼稚園に送るものであったろうが、それを見た記憶がない。子と遊ぶ記憶が出てくるのはその会社を辞め、三重県鈴鹿に居を構えてから、小学生の長男と、幼稚園児の次男を相手に児童公園でサッカーボールを蹴ったことからである。それまでは当たり前の生活からは没交渉の〝仕事だけ〟という箱の中にいて、ただ駆けに駆けていたことになる。仕事の成果である機械の出荷時の写真はあるからカメラは持っていたのであろうが、子供と一緒の写真は一枚もない。思い出すのは、遅く帰った時、陽子が観念したように「うちは母子家庭だから」とつぶやくのを聞いたことである。

義兄は朝鮮の生まれである。元山の生まれだから北に属することになる。結婚する時、姉の希望と父の条件を容れて帰化したから日本人であるが、それが通じない時代があって私は彼の会社を出てゆくことになった。

私は俗に言う〝寝る暇もなく〟働いたが、義兄も仕事熱心であったので、零細企業でありながら中小工場向けクレーンのちょっとしたシリーズを開発した。それに財閥マークを付けた系列会社の一つが注目し、そこに販売する話が進み、協定書もでき、お祝いのパーティーまで開いたが、そこで待ったがかかった。そういう会社は相手のことを感心するほどよく調べる。当然、義兄が朝鮮から帰化した者であることはすぐにわかった。

そこで担当者は囁いた。

「町井さんが代表者になっていただければ問題はないんですが」

こうした囁きは取引銀行にもすでに伝えてあったので漏れてしまう。

「お前がそそのかしたのか」

義兄は姉にそう言って荒れた。真面目な人だけに荒れない方がおかしい。

私は会社を辞めたが、中小企業での仕事の面白さを知ってしまった。したがって陽子も以後は尋常ならざる人生を歩むことになった。

食べること

図書館でヒトの体についての本を探していたら、『美しくなりたければ食べなさい』（姫野友美著・三笠書房）と題された、女医さんの書いた本を見つけた。目的の本と合わせて借りてざっと目を通してみるとけっこう面白い。真剣に書かれた本であるが、要約すると次のようになる。

――生物の生物としての美しさは内から出てくるものである。動物の一種である人も同じだ。したがって他人から見て〝美しい〟と思われる身体は、十分な栄養を取り、満ち足りた状態にある時である。

食べるものを制限して痩せて細っても、肌の輝きが失われれば決して美しくは見えない。何はともあれ十分に栄養のあるものをバランスよく〝食べる〟ことである。健康な身体とは、ぶよぶよと太った姿とは違うものである。――

「生き生きとしている」という表現がある。まさにその状態が、別な言葉で言うと〝美しい〟ということのようだ。

生きているものは、その生命を維持するために食べていなければならない。動物と植物の違いはあっても、食べたものを材料として、自分の体を形作っている細胞を適宜更新することが〝生きている状態〟と最近は説かれている。落葉樹は一年を通して目に見える形で入れ替わっているのがわかる。花でも実でも実れば落ち、枝ですら適当な剪定をしないと樹木は再生しないし、翌年に花も実も付けることが少なくなる。まして絶えず動いている動物は、いかに「食」をつないでゆくかに全神経を注いでいる。「本能」という言葉さえ使われている。

陽子が日常的に食事量が少なくなったのは、夏、稲武で水芭蕉を見に行く途中で引き返した頃からだったような気がする。兆候があった。

嚥下ができなくなったのが先か、入れ歯が合わなくなって外してしまったのが先かわからない。下の入れ歯が総入れ歯に近くて、両奥歯の二、三本に引っ掛けるようになっていたが、それが痛み出したらしい。

何度か医者に行って調整したがコミュニケーションがうまく取れなくて、よく治らず、結局外してしまった。上は前歯だけの入れ歯だったが、下がないためにこれも外すより仕方なくなった。

固いものは当然噛めなくなる。少々柔らかいものでも歯のない媼がそうするように、いつまでももぐもぐやって嚥下のタイミングをとるのがうまくできなくなったのかもしれない。一方、お腹が空いたから食べようという生きる意欲としての脳からの命令がきちんと来なくなったらしい。

この前後のことを、デイサービスの連絡帳から見ることにする。【なんだ】は施設側の、《かんだ》はこちら側の記入である。

【二〇〇九年（平成二十一）六月十九日・金

午前中、入浴後「家へ帰る」と外に出られ、日差しが強かったのですが、いつもにもまして歩き方に勢いがあり、かなりのスピードで歩いてゆかれました。途中「山に入ってしまうので引き返しましょう。お家の方向とは反対ですよ」の意見をやっと聞き入れてくださって施設へ戻ることができました。暑い時期の外歩きは本当に大変ですね。】

《今日は着衣がメチャクチャですが、着替えさせようとしても言うことを聞きません。風呂に入った時直してください。肌着のほかにシャツを入れておきます。よろしく。》

【六月二十六日・金

午前中、十八名の元気な園児たちが来所して、歌や楽器の演奏、お遊戯など披露してくれました。陽子さんは子供たちはあまりお好きではないらしく、落ち着かず皆さんの輪から離れて「小さい子は可愛いと思うけど自分を合わせるのが面倒なのよね」と言っていました。

《普段は小さい子供は好きな様子ですが。》】

【七月三日・金
昼食が進まずしばらく時間をおいてから別室で召し上がっていただきました。食べながらいろいろなお話をしました。お買い物のことをお聞きすると、近所のスーパーへお母さんと一緒に行くと言われます。お家にはお父さんやお母さんがいてというお話は普通のお話の中に出てきます。やはり昔の記憶は印象が強いのですね。昼食は味噌汁二杯とご飯を三口ほど、魚を少しといったところでした。】
《最近めっきり食欲が落ちております。そのせいか元気もないようですが、身体の方の異常はなさそうです。》

【七月六日・月
お昼過ぎ、テラスの干したばかりのお洗濯ものをご自分の服の上から着込んでしまわれ、（まだ濡れていたので）困ったなあと思っていましたらそのうち脱いでいただきました。郵便局への作品展見学会にも、もう何度目かでしたが同行され、興味深くご覧になっていらっしゃいました。今日は毛糸座布団に興味を持たれたご様子で、「やってみようかしら」とおっしゃってみえました。】

【七月八日・水
午前中は落ち着いて計算プリントに取り組まれました。食事は、ご飯にはほとんど手を付けていただけず、三割程度でした。午後からは傘を持って何度も外へ出てゆかれました。最近は回数が多いですね。】
《昨日定期診療に行ってきました。医師は「見違えるように穏やかな顔になりました」と言っておりましたが、食欲の方は依然として進みません。》

【七月十三日・月
本日ござらっせ（入浴場）へ行ってきました。車の中では落ち着いて過ごしていただけたのですが、食事はほとんど召し上がらず、お買い物もできませんでした。】

【七月十五日・水
午前中、入浴をされ、衣服を調整させていただきました。今日は計算プリントも落ち着いてなさり、お食事も八割ほどとよく召し上がってくださいました。午後からはスタッフが洗いものなどをしていると「大変ね」と声をかけてくださり一緒にお手伝いくださいました。】
《今朝は寝起きが悪かったために「陽子ファッション」になっています。面倒ですがよろしく》

【七月二十二日・水
本日もかいがいしくエプロンを二枚付けて、忙しそうにデイルームを歩き回られました。入浴してさっぱりとされ、昼食は四割召し上がられました。お昼のデザートはとりはら畑（施設の畑）の黄スイカ、おやつはトウモロコシをお出しし、おいしく召し上がっていただきました。】
《自分の気に入った行動ができると、食事も多少進むようです。》

【七月三十一日・金
……入浴後、右上腕、背中、胸などに蕁麻疹様のほこほことした湿疹があり、かゆいとおっしゃり、軽い皮膚炎のお薬を添付させていただくと、午後にはひいている様子でした。お食事は今日もあまり進まず、おにぎりにしてお勧めしてみましたが、召し上がってもらえず、二割ほど食べられただけでした。】

【八月十九日・水
……昼食はご飯とみそ汁は全量とおかずを二、三口召し上がられました。午後からラコールを二回に分けて飲用していただきました。「ココアみたいでおいしいね」と喜んで飲んでいただけました。良かったです。】
《今朝トイレを失敗したらしく、パンツをはいておりません。よろしく。「ラコール」（医師の推薦の液体栄養剤）を試みに持たせます。家では〝コーヒー牛乳〟と言って飲ませております。この二、三日やや食が進んでおりますので無理に飲ませないでもいいかと思います。》

【八月二十日・金
……おしりの方はほとんど後もわからないくらいになっておりました。ラコールは今日は入浴後や昼食時に勧めてみましたが、「こんなのはいらない」とおっしゃり飲んでいただけませんでした。昼食はカレーライスで、ほとんど召し上がってみえましたので、全体量としては八

割と、よく召し上がってくださいました。】

【八月二十六日・水

お家でのご様子をお知らせいただきましてありがとうございます。やはり異食（食べ物以外のものを口にする）の危険もありますね。自由に動かれる方ですので、一〇〇パーセント見るのは難しいのですが、心していきたいと思います。昼食は二割、ラコールは全量召し上がられました。】

《最近朝起きるとしばらくは朦朧とした状態になります。日課として起きるとすぐに犬を連れた散歩に行きますが、帰ってきて私たちが食事をしていても、古い手紙などを眺めていてぼんやりし、私が洗濯物を干すころ、やっと食事を始めます。》

そのころ飼っていた犬は柴犬の雑種であったから大きさとしては中型になる。メスであったが不妊手術をして子はなせない体になっていた。しかし、子犬のころから元気で特に散歩になると跳ねまわるほどうれしがった。その跳ねまわる様子が、ブラジルのサッカー選手ロナウドに似ているところから「ロナウド」と名前を付け、通称はロナと呼んでいた。

この犬はまだ生まれて間もないころ、早朝の公園を一匹でウロウロしていたところを近所の犬好きの人に拾われ、私たちが先に飼っていた犬が死んで空きがあったところへ持ってきたものであった。そのロナにとっては恩人にあたる人と、散歩の途中でたまに会うことがある。そうするとロナは遠くから見ただけですぐ身構え、確認すると飼い主の制止も聞かず飛んでゆく。恩を覚えているのではなくその人が会えば必ず「おお、元気か」と言って頭をなで、私たちが与えているより高価な餌をくれるからである。

陽子はその餌を目当てに走るロナの姿を見て、

「まったくさもしいね。家では満足に食べ物をあげていないみたいでいやね」と言っていたが、「ま、犬畜生だからしょうがないか」とあきらめ顔でリードを放してやった。しかし、病気になるとリードを離さないようになった。

「駄目よ。よその人に食べるものをもらうなんてみっともないことをしないでちょうだい」と言って綱引きをする。

普通に食べて力のあるうちはロナに勝ったが、体力が衰えるともうかなわない。時には引っ張られて転びそうになって離す。本能の命ずるままで、世間体など気にしないロナは最高のスピードで駆けてゆく。

そのようなことが何回か重なると、散歩に出るときロナはいい気になって、陽子がリードを持つと歩かずに私の顔をうかがうようになる。自分が陽子より上の地位になったものと思い込んでいるらしい。

食べるものを食べないということは脳が欲しがらないからだろうか。陽子はこれによって体力が落ち、落ちたことによって家庭内での存在感が小さくなってゆくのがある程度わかり、ますます孤独になってゆくのも、そういうことはわかるらしい。

ロナが来る前に飼っていた犬はやはり柴犬の雑種であったが、野犬であった。

生まれて間もなく連れられてきた時は、段ボール箱の隅に顔を押し付けてモグラのようであった。触るとびくっとするが、顔を上げることもなく、まったく可愛げというものがなかった。

断ろうかと思ったが、持ってきた人が「人助けだと思って」と懇願し、陽子が「かわいそうだから置いてやろうよ」と言ったので仕方なく受け取った。

冬だったので段ボール箱に毛布を敷き、牛乳を深鉢に入れて一晩玄関に置いた。朝見ると相変わらず隅に顔を押し付けた姿勢のままで、毛布は牛乳と小便でぐじゃぐじゃになっており、臭いので外へ出した。

そのころ私たちも子供たちも、昼間はみな外へ出ているのが日常だったので、日中どうしていたのかはわからないが、帰ってきたら相変わらずのモグラ姿勢であった。牛乳を飲んだ形跡もなかった。「一日中何をしていたのだろう」と私たちは話しあった。夜、牛乳を入れ替えて寝ると、朝、牛乳を飲んだ形跡があって段ボール箱が空っぽだった。箱から外へ出るような跳躍力があるとは思わなかった。「お化けみたいだね」「みんなで夢を見ていたようだね」と私たちは話しあった。なんとなく、段ボール箱をかたづけることもなくそのままにしていたら、三日後の朝、家で一番早起きの陽子が私を起こした。

「お父さん、変なのよ。風来坊（犬のあだ名）がいるのよ。見て」

なるほど風来坊は前と同じ格好で、同じ隅に顔を押し付けていた。再び夢を見ているようであった。

風来坊が拾われたのは車で十五分ほど離れた場所である。そこから車で運ばれてきたので道を覚えているとは思えない。きっと母親に会えなかったのだろう。

ともかく幼い命が最大の知恵をしぼって、ここなら生きられるという場所へ帰って来たのだから、人情として無下に断るわけにはいかない。

「帰って来たので飼ってやることにしました」

届けた人にいきさつを話すと、先方は自分のことのように喜んだ。

たまたま翌日が日曜日だったので犬小屋を作り、首輪も付けてやった。ところが風来坊はせっかくの犬小屋に入らず、その小屋の下に穴を掘り、入り込んだ。そして日のあるうちはじっとそこに座っている。見ると顔を向こうへ向ける。愛想というものは、見事というくらい全然ない。

風来坊は陽子が見ている前で餌を食べるまでに約二年かかった。そのころは細い足をした一見精悍な犬になっていた。しかし、散歩へは一度も行ったことはない。人前で餌を食べるようになって「おい、散歩に行こうか」と言った時、紐を持っただけで穴に入ってしまい、その後は「散歩」と言うだけで隠れる。

風来坊はしたがって、四年半の生涯をリードの届く範囲で過ごした。最期まで人に懐かず、わずかに餌をやる陽子が出てきた時だけ、やや嬉しそうにした。犬に「自分の生涯」というものを考える脳があるならば、透明な詩を作ったのではないかと思える。

死んだ時、犬小屋の下の穴を埋めた陽子の話によれば、そこにいくばくかの枯れ草が敷いてあって、その下にはゲジゲジがいたということである。

「きっとゲジゲジにかまれて毒が回ったのかもしれないよ。かわいそうに」と陽子は言った。ついでに言えば、穴を埋めた後は球根を植えた覚えもないのに、毎年冬になると水仙が芽を出し、白い花を咲かせる。

このような精神に欠損を持った生き物でも、食べる物はきちんと食べた。

陽子の食欲は夏が終わるにしたがって一時見違えるように回復して、体も口も見違えるほどに回復し、デイサービスの介護士ともども大いに気をよくした。

そのころの日記を見ると、十月二日に岐阜県の一番奥まったところにある徳山ダムへ行ったことが書いてある。

「夏のことを思えば陽子も調子がよさそうなので、少し遠出しようと徳山ダムまで行ってきた。ダムは殺風景で思っていたほど感激しなかった。帰りは昔日を懐かしんで二五八号を大垣から南下し、桑名に出て湾岸道路に乗った。」

ダッシュボードに『長良川ゆら』という土産の菓子が置いてあるのを見て「長良川はいいところか」と言う。

「また若い女を連れて行ったのでしょ」

こういう言いようは久しぶりでもあった。

「『揖斐川ゆら』では売れないから長良川にしたんだろうよ」

「揖斐川ってどこの川?」

「今日行ってきた徳山ダムの川だよ」

「徳山ダムなんて知らないよ」

「ここだよ」とパンフレットを出すと、「ふーん、ずいぶん大きなダムだね」と言った。

風が冷たくなると食べることも、また夏の時のように急激に減少し、体力も、生活力も目に見えて衰えてゆくのがわかった。

【十月二十八日・水
……午前中は塗り絵作業を落ち着いて取り組んで頂きました。昼食はおかずは食べられましたが、ご飯がなかなか進まず、全体では半分ほどでした。昼食後は落ち着かれず外へ行き、スタッフと散歩してやっと落ち着きました。】
《今朝寝ぼけてトイレでの小便に失敗し、多少寝不足気味。機嫌が悪いのでよろしく。》

【十月三十日・金
……昼食はなかなか進まず、困っていましたが、レクリエーション前からもぐもぐ食べ始められ、レクが開始しても周囲を気にされず、召し上がってみえました。】
《家での食事でも皆と一緒の時はウロウロしたりして食べませんが、皆が終わると食べ始め

ます。かたづかないので困りますが食べるだけでも良しとしています。》

【十一月十六日・月
……午前中は計算プリントを熱心に取り組んでおられ、落ち着いて過ごされました。食事量は五割程度であまり進みませんでした。夕食はしっかり召し上がっていただけるのかと思います。】

《普段でも「好き」「おいしそう」と言っても実際に食べるのはイクラくらいなものです。様子を見ていますとだいたい一回おき……朝食べると昼は少なく、その日は夕食はきちんと食べ、朝食は残すといったような傾向です。》

【十一月二十七日・金
今日は少し曇っていましたが、暖かな日でしたので来週の予定でした紅葉狩りに行ってきました。到着して最初は「降りたくない」とおっしゃっていましたが、気も変わられて歩いてお寺の方まで散策しました。「きれいね」とご機嫌でした。昼食は今日は進みました。おかずの豚肉が気に入ったようです。このような日が続くといいですね。】

【十二月九日・水
……食事は一時間かけて七割ほど召し上がってみえました。噛んでいる時間が長いので口が疲れてしまわれるのかもしれませんね。
午後からはジャスコに出かけました。車の中では看板を見ながら「何の会社かしら？」などと話しながら行きましたが、単語もすらすら読んでいました。すごいですね。お店の中ではいろいろなものを見て説明をしてくださいました。】
【十二月十八日・金
午前中は二十名の元気な保育園児が遊びに来てくれて歌や楽器の演奏などを披露してくれました。スタッフのサンタも登場し、子供たちにプレゼントを渡し、大喜びでした。陽子さんも今日はその場を離れることなく楽しんでいらっしゃいました。】
《家ではわがままいっぱいで、そのたびに叱られるものですから外へ出たがります。しかし、外へ出るとすぐ「家へ帰ろう」と言います。その〝家〟はどうやらデイサービスのことらしく、頭で覚えているのでなく、体で覚えているように思われます。それは風呂に入った時、「この風呂は狭いし汚いよ」などと言います。》

【十二月二十八日・月
……昼食は大変時間をかけて半分強召し上がられ、午後の転倒予防体操は皆さんの輪の中で体操したり、席を立って歩き回られたりの繰り返しで過ごされました。寒いせいか外へ出てゆかれることは少なくなりました。服をたくさん着こまれることも少なくなりましたね。今年のとりはら（施設名）は本年の最終となります。どうぞ良いお年をお迎えください。年明けは四日になります。お待ちしております。】

年末年始のデイサービスの休日は一週間ほどあり、その間陽子は体調を崩し、正月明けも何回か休んだので、家にいたのは半月近くになった。

家では施設のように、建物全体が空調されていないため、ドア一つを開けると全く違う季節となる。施設では昼間風呂に入るように、家でも夜ばかりでなく昼に風呂に入りたがり、その時も出た時の寒さが応えるようであった。

そういう家の中では歩き回ることもできず、精神的にも萎えて食べる意欲も少なく、それらが重なって負の淵に沈みこむように落ち込んだ。

不調が体力の衰えを促進させ、体力が衰えると自分の身の回りのことができなくなり、まず下の始末がままならないようになってきた。

デイサービスに行かないようになったある日の夜、陽子が起きたのがわかったので「どうしたの」と聞くと「トイレよ」と言った。

「そう、ひとりで行ける？」

「行けるわよ」

トイレは一間の廊下を挟んだ向こう側にある。しばし耳を澄ましても一向に水洗の音がしないので起きてみると、トイレの電灯がついていない。慌てて奥の風呂場に行っても見あたらないのでさらに慌てる。反対側の台所のドアを開けると淡い月光の中でむこう向きの陽子が隅に立っていた。

「お母さん、そんなところじゃ寒いでしょ。こっちへきてストーヴにあたりなさいよ」

陽子は「うん」と言いながらのろのろと動いた。私はその動き方から、小便を失敗したのだと気が付いた。

「いま着替えを持ってくるからね」

私は枕元に置いてある着替えを取りに行ったついでに、布団に手を入れてみると、そこは濡れていなかったのでややほっとして、先に医者から言われていた紙のパンツを持った。

陽子はデイサービスと家との二重生活に順応できないほどに衰えているようであった。その一つがトイレである。

どこのトイレでも内側から鍵がかかるようになっている。いつか陽子がトイレに入って、ドンドンとドアを叩くのでびっくりしてゆくと、

「なんで閉めちゃうのよ」と言っている。

「自分で閉めたんでしょ。開けて出てくれば」

「開かないのよ」

「中からじゃないと開けられないんだよ」

「どうやって開けるのよ」

「金具があるでしょ。それをいじってみれば」

陽子は出てくると「よかった」とも言わず、ただ黙ってやや微笑んだ。早速カギは外した。


日記の一月十五日（金）の項に次のように書かれている。


「夜、十二時近く、小用に失敗し、三十分かけて着せ替える。当人はすぐ寝てしまったが、こちらは一時間余も寝つけずにいろいろなことが頭の中を去来する。

……朝、〝お父さん〟と起こしても、起きなかったようだったら、悪いけど先に静かなと

ころに行ってしまったと思ってあきらめてくれないか。

……そうなったら、私一人でいてもつまらないから私も横でそのままじっと寝ているよ。

こんな話は本で読んだのか、人から聞いたのか覚えていない。こんな会話ができるようだったらよかったと思う。

年末に行った時、医者が「このまま在宅で介護を続けるつもりですか」と言っていたが、ショートステイや特別老人施設のことを、もっと詳しくケアマネージャーに聞いてみよう」


「認知症の介護は大変だ。介護される方は大変なことを一向にわかっていないのだから、介護される側になった方が勝ちだ」と言った人がいる。

しかし、喜びも、悲しみも、あるいは久しく会っていない人と会った時でも感動のない認知症の人は、日々どのような世界に住んでいるのかと思うと切なくなる。

彼ら、彼女らが見る目には色はあるだろうとは思える。しかし、木々が薄緑におおわれ、やがて輝く緑に変わっていくだろうと想像することはできない。満開の桜の色は見えてもそれが一週間後には花吹雪になって散ってゆくことは想像することもできず、その風景を見ようとする意欲もわかないままだろう。

ガンを患っている人は、病床から出て花見の席に同行することはできないが、認知症の人にはできたとしても、そこに集って歓喜の声を出している人と、自分がどういう関係にあるのかがわからないため、きっと荒野に風に吹かれて一人立っている自分の姿だけが見えているのではないか。

そのように思うと、人という動物にとっては、認知症はガンよりも残酷な病気ではないかと思えてくる。

「ここが家なの?」

陽子のデイサービス通いは、最初に施設のバスに乗るのを嫌がったために私が送迎することにした。その施設ではどういう事情によるのかわからなかったし、聞きもしなかったが、朝は十時に連れてゆき、迎えは午後三時に来いというので最後までその時間を守った。

午前十時となれば冬でも日は高くにあり、また午後三時は〝夕方〟とはならず、つるべ落としという秋でもまだ昼間の時間帯にあった。しかし、近在でも大きい方に属する病院が経営しているだけあって、介護内容は行き届いたものと見えた。前にも記したが、施設内の行動や様子はきちんと連絡帳に書かれ、とくに食事の顛末は丁寧に記録されていたのでよくわかった。

そのようなことで、朝はデイサービスに行く日でも雨が降らない日は市民公園に行って散歩し、コーヒーを飲んでから施設へ行き、午後は夕方のスーパーへの買い物までの間をドライヴした。デイサービスは月、水、金である。間の日は何度も書いているように車に乗った。いうなれば車に乗ることが日課のような日が続いていた。むろん車に乗ると言っても、朝から晩まで乗りっぱなしというわけではない。

平成二十二年の年初めの陽子は体調を崩し、そういうことを経過するたびに精神の病状も進むようであることは前にも記した。

陽子の日常はデイサービスに再び通うようになって、体にリズムも戻ってきたのか全体として元気になってきた。回復すれば車に乗っている時でも歌を歌うこともあったし、話しかけることもあった
ダム湖の回遊道路を走っている時に突然言った。

「あれ、皐《さつき》(娘の名前)がいないよ。ねぇ、さっきまでいたでしょ」

「最初からいないよ」

「どこで降ろしたのよ」

「いないものを降ろしようがないよ」

その時は二月九日に、それから半月後にショートステイに行く日を決めた、担当者会議の翌日であったからよく覚えている。ショートステイは特別老人ホームへ入る予行演習のようなものである。陽子を担当しているケアマネージャーが年明けの陽子の状態を見て、今後の介護の方針を決めるために、デイサービスやショートステイ予定先の担当者に集まってもらった会であった。

その日は二月にしては天気も良く、暖かい日であったので少し遠出しようと決め、まず恵那の『中山道・広重美術館』に行った。広重美術館はむろん東海道五十三次の歌川広重であるが、全国に数ある中の一つが岐阜県恵那市にあり、五十三次の絵のほかに浮世絵の企画展などを開催することがあった。

陽子はこの頃になると、むろん絵の観賞をするだけの脳の働きを持っていなかった。しかし、健康な時に版画教室に通ったことが多少とでも記憶の片隅に残っているのか、このようなものは順にゆっくり見て歩いた。それが民具だとか土器などになると「ごみが並べてあるよ」などと言うことがあった。

ついでに恵那峡を見た。こういうものはわかるようであった。その後、道の駅『らっせいみさと』に立ち寄り、座敷わらしの像を見た。この駅は「そばの郷」とも言われ、それが売りであったが、陽子はそばを好まなかったし、時間も早かったので次の道の駅『おばあちゃん市・山岡』へ行った。ここは日本一大きい木造水車があった。冬の水車は寒風にさらされ見る人もなく高い身をさらしており、水車を回す水が風に飛ばされて休み休み動き、その姿はあえぐようであった。

道の駅の食堂はレストランのように明るく、トイレがきれいであった。というのは和風を装って梁をむき出しにし、すすで黒くなったような造りの店を陽子は極端に嫌がり、またトイレが汚いと用を足さないで出てくるようであったからである。併設されている売店のパンはおいしかったので寄ればそれを求めた。

車はそこから二五七号線に乗り、矢作川の上流に出、奥矢作湖の湖畔を足助へ通う道をたどった。山肌をわずかに削った細い道を片側に湖を見ながら走っている時に陽子が言ったのが先ほどのセリフである。

「だってさっきまで後ろにいたでしょ。人の家もないこんなところで一人でいたら可哀そうじゃない。泣いているよ」

「泣いていないよ。子供じゃないんだから」

「泣いているわよ。あの子は泣き虫なんだから。どこかで止めてよ」

「止めてどうするのさ」

「迎えに行くのよ」

「も少し行ったところに確か展望台みたいなところがあったはずだから、そこで止まろうか」

湖に突き出た小さいふくらみがあって車が十台ほど止まれるスペースがあり、湖面に面したところには柵もあり、ベンチもあった。

「降りる?」

「うん、降りる」

「外は寒いよ。いい？」

「いいわよ」

矢作川をせき止めた人造湖は白っぽく広がっていて、水深が深いためか水鳥も浮かんでいなかった。春から夏にかけて周りの緑を映す湖は人々の心を落ち着かせるが、寒風にさざ波を立てている湖面はヒトの孤立感を強調しているようであった。下流に見える人造湖を区切るコンクリートの堰堤も、ただ境界を強調している一線のように見えて、空々しく直線になっている。

「おお寒い。なんでこんなところに降ろすのよ」

「お母さんが車を止めろと言ったから止めたんだよ」

「そうだった……？」

陽子はそう言うと車に戻りながら「だけど……」と何かを言いかけて「まあいいわ」とやめた。頭の中を横切った一瞬の記憶が一瞬にして消え去ったのかもしれない。

私は同じような場面で陽子が皐の泣いたことをしゃべった、二、三年前のことを思い出した。

私が普通の人から見れば狂気とも見える「ナマズの養殖」をやる前、鈴鹿に住んで普通のサラリーマンをしていた十年余は三人の子供たちもそれぞれに成長していた。

長男の春樹は小学生から中学生になり、左手で漫画を一週に一冊の早描きをし、同級生に見せて悦に入っていた。次男の夏樹は黙々とレゴを積み上げ、一方でオセロの名人であった。私などは何度挑戦してもかなわなかった。娘の皐は兄たちと違って外交家で絶えず近所の娘たちを連れてきていた。

陽子は子供に手がかからなくなって、かねてからの希望であったタイピストのパートタイマーに就いていた。陽子はタイプライターを打つことを高校で習った。彼女が通った高校は前身が女学校で、むろんすでに男女共学の時代であったが、まだ男子生徒が全く少なく、大学へ進む生徒も稀であった。そうしたことから女子が社会へ出て有効な技術を教える伝統が残っていて、その一つとしてタイプライターを教えた。

陽子にとって学校で教わったことが実際の生活の上で使えるということは大変な喜びであった。一番下の皐が小学校へ入り、昼を給食で済ませるようになるとパートタイマーで通いだした。勤務先との出会いもよかった。陽子がそこに勤めていたのは、実質で三年ほどであったが、社長夫妻との交際は生涯のものとなった。それほどの出会いであった。

その頃のことである。私は勤め先の仕事で静岡・富士宮市へ一週間ほど出張したことがあった。その出張先に自動車の整備工場が併設されていて、すっかり人に懐いた子カラスが飼われていた。その時は懐きすぎて持て余している様子であった。

人のまねをするのか、あるいは自分も人と同じだと思っているのか、その辺のことは聞くことはできなかったが、例えばボルトとナットを咥《くわ》えて作業場のあちこちへ持ってゆき、時には自動車の下に入っている者の足をつついたりした。

私が面白がって見ていると、軽やかにピョンピョンと寄ってきてズボンのすそを咥えた。

「珍しいですね。クロはあなたが気に入ったようです。こいつは人見知りして普段は初めての人には突いて攻撃をするんですがね」

「頭がいいんですね」

「利口ですよ。利口過ぎて手を焼くことがあります」

「楽しみでしょう」

「どうです。クロも気に入っているようですから、お帰りになる時連れて行ったらいかがですか」

私は母親の留守の間の子供たちの相手に格好だろうと思った。

「いいんですか」

「どうぞ。どうぞ」

「餌は何をやるんですか」

「人の食うものなら何でも食べます。肉とか揚げ物は大好きのようです」

鈴鹿の家そのものは小さかったが、土地は七十坪強と広かった。変形なので安いこともあり、そこに決めた経緯がある。家を建てる時、後ろと横の一方はそれぞれの隣家が柵を設けてあったので境界があった。前方と横は何もないと締りが付かないのでブロックを一段積んだら、ちょっと落ち着いたのでそのまま境界とした。カラスのクロは、引っ越し祝いに〝ウ〟を足してクロウとして，そこに放たれた。

主羽根の一部を切ってあったので三メートルくらいしか飛べなかったが、不思議なことにクロウは、誰も教えないのに（言葉が通じないから教えようもなかったが）その境界のブロックを越えることはしなかった。彼（彼女？）の家を作る時も見ていて、完成すると最初から知っていたようにそこに入った。

あくる日には三、四羽の近所の同類が挨拶か見物かに来て、地上と屋根の上で鳴きかわしていたが何日かするとそうしたものもなくなった。

家の者が出てくる時はどこにいてもすぐ飛んできて、約二十歩ほどの距離を一緒に歩き境界のところで止まり、子供たちが学校へ行く時でもその場所で見送った。帰ってくると羽を広げて喜び、とくに皐になじみ、そばで遊んでいる時は楽しそうにさえ見えた。それでも玄関のドアから中へは決して入らず、そうしたけじめは見事なほどきちんと守った。

クロウのその家禽の見本のような生活は二年と続かなかった。猫と覚ぼしきものに襲われたのである。野良猫が徘徊しているという噂は前からあって、戸締りに気を付けていた。夕方の餌と戸締りの役は皐のものだったので、彼女の悲嘆は激しかった。夜遅くまで残された羽根だけを埋めたお墓の前で泣いていた。

「あの子がご飯も食べないので困って、私も二回も会社を休んだのよ」

陽子は皐の話になると必ずその時の顛末になった。

「あの子はそれまでいつまでもめそめそしている子ではなかったのにね」

皐は三十六歳の時、事故を起こして早世するから、クロウの死から約三十年の彼女の画像は陽子の記憶装置には一つも残っていないらしい。

皐のその死の直前の日常は映画を見るような目まぐるしいものだった。

「私は上の学校へ行かないで、高校を卒業すると働くからね」と宣言したが、高卒のみでは無論世間を渡ってゆく職能が身についているわけではない。名古屋に出て広告代理店に勤め、世間の同年配のものが多く独身で通している中で、二十三歳の時さっさと亭主を見つけてきて結婚した。おとなしそうな職人だった。そして三年で離婚した。皐自身が仲人に掛け合って出てきてしまったらしい。

「マザコンなのよ。自分の意見がないんだから」と言った。

「それでどうするの。家に帰ってくるの?」

陽子が言うと、「瀬戸みたいな田舎へ帰りたくないわ」とつぶやくと、

「お母さんだって、出戻りが家にウロウロしているなんて嫌でしょ」と言い、また「名古屋みたいな都会にはいろいろ働くところがあるのよ」と言って一人暮らしを始めた。

時々、「元気よ」と言って顔を見せる日が四年ほど続いた。

ある日、自動車に羽が生えたようなトヨタのスープラに乗って現れた。赤く塗られたそれは、瀬戸の鄙めいた路地では大いに目立ち、近所の人もびっくりしたが、陽子もそれ以上に驚いた。

「なんで? こういうものは高いんでしょ。よくそんなお金があったわね」

「結婚することに決めたのよ。設計事務所をやっているお金持ちなの。今度連れてくるわ」

一週間ほどして一緒に来た男は老けて見えたが、歳を聞くと皐と五歳とは離れていなかった。

「なんでそんなに儲かるんですか」

「マンションの電気、ガス、上下水道のルートをパターン化しましたら、手配も工事も驚くほど容易になりました」

「でもそういうものは、すぐ真似されるのではありませんか」

「ええ、そうです。でも真似された方がいいのです。役に立つから人は真似をするのですから。〝真似してもいいから、隠れて真似せずにきちんと真似料を払え〟と言えば済むことですしね」

「ほう、そういう考えもありますか」

「はい、オープンにした方が何かといいようです。早く広まりますし、新しいアイデアを持って相談に来る人もいまして、そうするとそこからまた、更に新しいもの、進んだものが出てきます」

「そういうものですか」

いずれにしても皐にはいい巡り合わせがあったようであった。陽子にとってもいい出掛ける先ができて、訪ねる日は楽しそうであった。

「台湾へ行ってきたとか、今度はベトナムへ行くとか年中そんなことを言っているわよ。金持ちはいいいね」

「皐はただ家にいるだけ？」

「コンピューターを習って経理をやっているのよ。忙しいんだと言っていたわよ。今度一緒に行かない？　ご馳走してくれるわよ」

皐も何度も薦めるので、一日、名古屋大学の裏手に当たるそこへ、陽子の後について坂を上がり、明らかに他とは違うマンションの一つに入った。なるほどいかにも高価そうな家具をそろえて、優雅な暮らしをしている様子がうかがえた。

「今度工事まで請け負うようになりましてね。本当はそこまで手を出したくなかったんですが、行きがかりで仕方なくそうなってしまいました」

亭主殿はそう言って食事もそこそこに席を外した。

「最近はいつもああなのよ。まるで昔のお父さんみたい」と皐は言い、「そうだね」と陽子も言って笑った。

ある晩、私がやや遅くなって帰ると、陽子が「皐が大変なのよ。いま電話が終わったところよ。どうしよう」と文字通りオロオロしていた。

「ちゃんと最初から話しなよ」

陽子の前後する話を整理すると次のようであった。

――三月前くらいに建設中のマンションが倒産して、お金が回らなくなり、家計へもそれから一銭ももらっておらず、亭主殿は帰ってきたり来なかったりした。それでも前日までは連絡が取れており、最後の時は「何とかやっと見通しがつくようだ」と言ったので安心していたが、今日、午後になって債権者がどっと押し寄せてきて罵詈讒謗を一人で聞くことになった。怖くなって友人に来てもらい、彼女のとりなしで彼らに帰ってもらい、次いで彼女のところに今夜は泊まることになって落ち着いたから電話した。――

「うちに帰ってくればいいじゃないか」

「私もそう言ったのよ。そしたら迷惑をかけたくないって言うのよ」

「電話しな。迎えに行くからって」

「それがね。亭主の居所を知らせろってケイタイを取り上げられちゃったらしいの。友達のを借りて電話しているんだって。それに何とか亭主殿と連絡がつきそうだから、明日また電話すると言っていたわ」

あくる日、皐からの電話はなかった。その代わり警察からの電話があった。

「事故で亡くなりました。仏様はマンションに安置してあります」

行くと、年配の警官は言った。

「娘さんに間違いはございませんね。こちらからすると下りのカーブで対向車が膨らんだのをよけようとしてハンドルを戻したまま突っ込んだものらしいです。ええ、下は何もないところで不幸中の幸いでした。身の回りの物を取りにきた帰りのようです」

『アルツハイマー病の謎　認知症と老化の絡まり合い』という本が名古屋大学出版会から出版された。訳者の紹介によると、著者は次のように記されている。

マーガレット・ロック博士はカナダのマギル大学で長年にわたり教育・研究に携わってきた世界有数の医療人類学者であり、その著書が数々の賞を受賞している彼女の新作。

アルツハイマー病は、いわゆる先進諸国といわれる国々の保健医療予算を食いつぶしている認知症を発症させる主な病気のことで、日本でもあまねく知られている。

ドイツの医師、A・アルツハイマーによって一九〇七年に症例が報告されて、彼の名を冠されて病名になったこの病気は、一口に言って脳の実質が崩壊することによって起こるとされている。しかし、先の本の題名に「謎」とあるようにどうしてそのようになるのか、いまだにはっきりしたことがわからない。

もっとも新しい学説では、「タウ」と言われるたんぱく質が蓄積されるからだ、となっているが、それではなぜタウが蓄積されるのかがわからないし、タウが蓄積されている人でも生前に認知症的症状を起こさなかった例もあることが報告されている。〝要するに年を取るからだ〟と言ってしまえばそれまでだが、すべての人が認知症になるわけではない。「脳を破壊する悪者はこいつだ」という「こいつ」が一〇〇年たっても姿を現さないのである。ただ、認知症の発症をするきっかけの中に、日常の環境の中で精神的に大きなストレスがあったこともその一つだと言われている。

私の家では皐の事故死の前に次男の自死を十カ月前に経験している。陽子が病気になってから、娘や息子が彼女の脳に現れる時はいつも子供で、いつも泣いているようであった。

皐の事件以来、まだ陽子が認知症の診断を受ける前のことであるが、私たちは九州、東北、北海道、北陸をそれぞれ一週間の日程をかけて旅をした。のちのちに思い返してみると、陽子はそのたびごとに子供たちの影を背負って、その荷の重さが脳を破壊するきっかけになっていったのではないかと思わせる振る舞いをした。そういう意味では同じ親の片割れとして私はナイーブさをいささか欠いていたのかもしれない。あるいは「囲碁」という遊びが、日常から乖離し中空に長い時間を遊ばすだけに、鈍重な反応を取ったのかもしれない。

陽子はケアマネジャーが計画したとおり、二月の下旬にショートステイに行った。そして問題がなければ徐々に日数を伸ばして、三月に入ると二泊三日のステイを二度行った。

明けの日、ロビーで待っていると、職員に連れられて降りてくる。「久しぶりだね」というような挨拶はない。デイサービスの出迎えと同じである。

「どう、よかった」

「よかったよ」とオウム返しに答えて、かすかに微笑した。

車から降りた陽子はあらぬ方向へ歩き始めた。私の家は傾斜地であったところに建てられているので、車が止まったところからは十五段ほどの階段を上がることになる。

「お母さん、そっちじゃないよ、こっちだよ」

「そう、ここが家なの？」

「ここが家なの?」

陽子はそう言って、初めて見るような目で階段とその向こうにある玄関を見上げた。

私は陽子の頭の中の「家」がどういうものになっているのかと思い及んで、彼女にとりついている病気の悪魔的な恐ろしさに震えた。

人にとって「家」=自分の居場所はどういうものだろう。照れ屋の日本人は家に帰っても伴侶と抱擁するわけでもないが、挨拶しただけでも気は休まるだろう。疲れたら帰るところ。生きる楽しさとしての食べ物を食べるところ。外国へ行って、「ああ、何も考えずに畳のあるところでゆっくり寝てみたい」と思った時、頭の中に浮かぶところが「家」であろう。

人ばかりでなく四足の動物でも鳥でも〝巣〟は心休まるところであろうと思われる。鮭や鰻ですら長い年月ののち自分の生まれ故郷にたどり着くし、渡り鳥でもそれが生涯の最大の仕事として地球の半周を旅してそういう心休まる一点を目指すものである。

認知症という記憶装置を破壊される病気の残酷さを目のあたりにして、私は陽子の手を引いて階段を上がりながら涙が流れて顔を上げることができなかった。

メタセコイア

陽子との散歩は公園をよく歩いた。今はどこの自治体でも四苦八苦しているようだが、ゆとりのあった時期もあったらしく、思わぬところにしゃれた公園があった。

そういうところを季節の虫、例えばアキアカネを眺めながら歩くのは心地よいものであった。はたから見れば定年を越えた老人夫婦が余生を楽しんでいるように見えたことであろう。事実そうなのだが、内容は余裕を楽しんでいるのではなく、一種の闘病ではあったが。

隣町の植物園や反対隣の緑化センターは草花も豊富にあって、いつ行っても何かが咲いていた。この二つと名古屋の徳川園は鯉の池があってそれなりの時間を過ごせた。

鯉のいる公園の一つに、尾張徳川家の菩提寺「定光寺」の名を冠したものが市内のはずれにあり、夏は蓮の花が咲く。ここは早咲きの桜もあり、それが散るとオタマジャクシも泳ぐのでよく出かけた。

二人で池の鯉にパンをちぎって投げていると子供連れが寄ってくる。パンを渡すと喜んで投げ、鯉も大きな口を最大限に大きくするが、子供たちも大声をあげてはしゃぐ。それを見ている陽子も微笑して、「子供は無邪気でいいね」とつぶやく。そのつぶやくさまはは普通の老人と変わりはない。

そんな様子を向こうの方から数羽のアヒルがうらやましそうに見ていた。ある時、陽子がそれに気がついて池の向こう側に行って餌をやりに行こうと言った。するとアヒルは人との付き合いに慣れていないのか、ガアガアとわめきながら後ずさりし、池の中へ入るものもあった。仕方なしに遠くからパンを投げると寄ってきて食べた。

そんなことを繰り返しているうち、害がないばかりか餌をくれるだけだと気が付いたのか、徐々にアヒルが近づいた。近づいたばかりでなく、そのうちの体が大きいものは真っ先にパンを拾い、ほかのものを攻撃する様子を見せた。まったく可愛げがない。その様子を池の中で見ていた鯉が〝俺たちこそ〟というように五四十四と近づいた。私はアヒルの態度にあきれて、旧知（？）の鯉に向かってパンを投げた。

「キャッ」と陽子が声を上げたのはその時である。

その姿勢から察するに、前にいて威張っているものに追われたものが陽子の左手に持っていたパンを後ろからつついたらしい。

「そんな悪いことをするなら、もうあげないから」と、小石を拾って投げる動作をした。アヒルは大騒ぎしながら散った。

陽子の病気はこのような日常を繰り返しながら徐々に進み、平成二十二年（二〇一〇年）の三月から六月にかけてショートステイを繰り返し、特別養護老人ホームの部屋の空くのを待って、八月に入所した。

その前後は三カ所のデイサービス所へ毎日通うようになっていた。そのために口頭で説明するよりもということで、「町井陽子の病状について」として日常を整理したものを渡した。

それを再掲してみる。

【町井陽子の病状について・4　平成二一年一一月一九日】

この表題で№3を記してから約一年を経過したが、改めて陽子の日常を見てみると、少しずつではあるが進んでいるように思える。

それらを項目を挙げて記してみる。

○エスカレーター

八月の下旬のある日、いつも行くスーパーで下りのエスカレーターが下りられなくなった。

それ以来そこへ来ると、手を取ってやることにしている。また、それからは散歩の時なども手を取ってやるとホッとするようである。

○小用の失敗

九月に入ってから、朝起きた時の小用を失敗するようになった。そのころ寝室は二階にあったが、階段を急いでおりることができないので、途中で失禁してしまう。トイレに入るころはあらかた出てしまった後になり、濡れたスリッパでそこいらじゅうを歩き回るので往生した。

その後、寝室を一階にしたが、よく注意してやらないとパンツを濡らす失敗をする。便器が和式であるとそのまま用を足さずに出てしまうので、長時間の外出はよほど注意しないといけない。

○食事

夏に食事量が激減したが、秋口以来だいぶ回復した。しかし、去年と比べるとまだだいぶ少ない。写真を見て比較しても相当に痩せている。

朝食にしても、夕食にしても、だらだらと時間をかけてそれなりに摂取する。夕食などは二時間もかかる時がある。シチューにコロッケを入れたり、餃子の皿に里芋の煮つけを混ぜたりと、食べることよりも遊び始めるら〝終わり〟の合図になる。

○風呂

日曜日を除いて毎日デイサービスに行くようになってから、家ではたまにしか風呂に入らないようになった。さらに、私の前で裸になるのをとても恥ずかしがるようになったのはいいことなのかもしれない。

しかし、このために先出の、小用に失敗したときの着替えは大変手間のかかる作業となっている。

【町井陽子の病状について・5　平成二二年一月一八日】

年末年始にかけて約一週間デイサービスに行かず、その間雪が降ったこともあって家にいることが多かった。家にいればやることなすこと注意されるのでストレスがたまったのかもしれない。そのうえ、家では全体に暖房をしていないので、そんなことも重なっていろいろ変調をきたした行動をとるようになった。

その様子を列記してみる。

○食事

一月九日の夜、その夕食はいつになくたくさん食べたが、夜分になって嘔吐した。また朝になって下痢にもなった。

十日、十一日の休日を過ぎて、十二日、十三日と病院へ行き、点滴を受けて回復した。

それ以降、食事量が全く少なくなった。食べる気はあり、口に持ってゆくが咀嚼しても飲み下すことができない。そればかりでなく食事を終わっても咀嚼しているので口を開けさせると、ティッシュを噛んでいる。注意して見ていると、ティッシュを刻んでご飯やおかずにのせて食べているのである。食べるものとそうでないものとの判断がつかなくなったのかもしれない。

その後以前のようにデイサービスに通うようになると、ティッシュを噛むようなことはなくなり、食事量も徐々に回復した。

○小用の失敗

朝起きた時の小用を時々失敗するのは前回に記した通りで、寝室を一階にしたためにその回数が少なくなった程度である。

そこでデイサービスにもお願いし、紙製の「尿漏れ防止パンツ」をはかせている。「このパンツは変だね」と言ったが、「これは暖かいのだよ」と言ったら率直につけた。

○ショートステイ

二月にショートステイをさせようとお願いしている。

良い方向になるのか、悪い方向になるのかわからないが、いずれは長期滞在させなければならなくなるので、準備しておかなければいけないものであろうと思っている。

【町井陽子の病状について・6　平成二二年六月二一日】

四月からショートステイに行くようになって、ステイにいる時は穏やかに過ごしているようですが、その前後から身体的にも精神的にもだいぶ衰えが目立ってくるようになってきましたので、その様子を整理しました。

○食事

食事量は相変わらず少ない。食べたい気持ちはあるようだが、箸で小分けしないと食べられないようで、小分けできないもの、例えば肉、魚のみりん干し、などがあり、すし、刺身などは食べられない。

したがって食べるものの種類は非常に限られたものになり、納豆、鮭のほぐしとか、コロッケやハンバーグなどの簡単に小分けできるものとかになってしまう。メロンにしてもスプーンですくい取ったものを箸で小さく刻んでから口に入れる。そうした作業に時間がかかるとイライラして箸を投げ出してしまう。

そうしたイライラは(屎尿などで)パンツが汚れている時にも起こる。「パンツが汚れているのか」と聞くと「汚れていないよ」と答えるが、「風呂に入りたい?」と聞くと「入りたい」と返事をする時は汚れていて、食事の途中でも風呂に入れるようにしている。

また最近は、つけ汁の区別ができなくなっている。餃子のたれにポテトサラダをつけたり、梅干しにソースをつけたりする。

デイサービスから途中買い物をして帰ってきてからが一番食べたがる。夕食の支度している脇で、饅頭とかサツマイモを甘く煮て食べさせるが、それだけで大方は腹が満たされてしまうらしい。サツマイモの場合、中くらいのジャガイモくらいのものは平らげてしまうが、大きくて二つに分け、翌日温めなおしたものは、どういうわけか口にしない。

六月に入って「ミールケア」（高齢者専門配食）を取ってみた。日ならずして食べるようになったのでほっとしているところである。

○用便の始末

ショートステイに行く少し前から用便の始末ができないことがしばしばあった。始末ができた時が続き、できない時がしばらく続くという状況で、その割合はざっと半々である。

いつのころからしゃがむことができなくなったので、和式トイレで用を足すことができなくなっている。外出している時、スーパーならいいが、散歩途中で公園のトイレに駆け込むのはそこで立ち往生してしまう。よって最近の遠出はできなくなっている。

○体力的な衰え

ふた月前ほどからエスカレーターの下りを、手を取ってやっても降りられなくなったので、もっぱら階段を利用している。もともと歩くのが好きで、「散歩に行こう」と言うと喜んでついてきたものであるが、最近は「いやだ」と言うことがままあり、散歩していても十分も歩かぬうちに「もう帰ろう」と言い出す。足の薬指（両方）に魚の目があり、一カ月に一回の割合で通院して切ってもらっていたが、三月にいい医者が見つかり根治されたので、歩く行為そのものは楽になったはずなのにである。

○会話

今年の初めくらいまでは、自動車である病院の前を通ると「この前ここを歩いていたら、子供がそこ（病院）から出てきて〝おばちゃん、オレ病気かなぁ〟と言うのよ……」と、作り話にしてもある程度の筋が通る話をした。

しかし、最近は広告などを見ていて、何かを思い出したらしく「これはねぇ」と話しかけるが、私のそばへ来るまでに言いたいことを忘れてしまうらしく、「……まぁいいや」と言葉が止まってしまう。

また、以前はよくした子供のころの話もめっきり少なくなった。

陽子は八月の中旬に、かねてから依頼してあった特別老人介護施設の部屋が空くのを待って入所した。「早く入所できましたね」と多くの人から言われた。申し込みの多いのが常態だったらしい。

ホームの個室は六畳くらいの大きさで、その中にベッドと身の回りの物を置く箪笥と、流しとお茶を入れるコーナーもあってゆったりとしていた。普通の病院のそれより格段にきれいで落ち着く部屋である。

費用は入所者の家族の収入によって変わるので、アドバイスする人があって陽子の個人世帯とし、彼女の年金だけの収入だけを申請して安かった。

しかし、こんなところでお互いに紹介しあって来し方についての話をするならともかく、ただでさえ口数が少ないどうしがぼんやりと過ごしていたら、それこそ〝呆けてしまう〟だろうと思えた。

私はソニーのロボット犬「アイボ」を買ってやろうと方々を訪ね、聞いて回ったが、その時は生産を停止していた時期であったので手に入れることができなかった。仕方なく歌を歌う玩具を二つ買った。

一つは胸のボタンを押すと子供のぬいぐるみが手を振り、顔を動かして十曲ぐらいの童謡を歌った。もう一つは子犬の縫いぐるみがやはり童謡を歌うが、これは床をゆっくりと円を描きながら歩くというものである。

陽子はそのおもちゃを動かすことができなかった。入所者の集まるところへ持ってゆくと、中にはすぐわかるものもいるが、その人たちも個人の所有の限界がわからないものであるから、介護士は陽子の部屋から持ち出さないようにし、そのためにただのぬいぐるみとして置かれてあるものに過ぎなくなった。

陽子のいない家の中は大きな空洞ができているようで、私は陽子がデイサービスの作業で作った風鈴を物干しの端に吊るしてその音を聞きながら、やることが沢山あるようで、それでいながら何も手につかないでぼんやりして過ごしていた。ぼんやりしながらふと気が付くとホームを訪れた。

三泊四日のショートステイで四日目にあった時、陽子は大騒ぎするわけでもなく、ふだん朝起きて顔を洗った時のように静かにしていたが、ホームで会ってもその時と変わらなかった。しかし、私が彼女にとって特別な人間であることはわかるらしく、じっと見つめ、時にはかすかに微笑をした。

その年の夏は異常に暑かった。雨も少なく、道端の雑草まで茶色になるほどであった。陽子の日常であるホームは建物全体が空調されていて玄関を入ればあとは部屋に行こうが、トイレに行っても温度が変わることがない。しかし、我が家に戻ると部屋ごとのクーラーで、ふすまや扉一つを境にして温帯と熱帯に分かれ、気分を落ち着かせない。

私は二日に明けずホームに行き、介護士も歓迎するので、陽子を連れ出し以前と同じように外出した。

市内の公園と隣町の緑化センターにメタセコイアの並木があってその下を歩いた。メタセコイアは葉肉が薄く、夏の緑が濃い時でも陽の光を通して美しく、銀杏が黄色くなり山が色づくころになると茶色に染まりその立ち姿とともに一層見事となり、はらはらと葉を落とすさまは詩を感ずる。

そういう時期に、その下を歩いている時、陽子が「寒いよ」と言った。私は上着を掛けてやりながら、人のいないのを確かめて抱擁した。

「どう」

「暖かいよ」

陽子はやせて小学生のように小さくなっていた。

あの雲も　いつか見た雲
ああ　そうだよ
山査子の　枝も垂れてる

陽子は歌に和さなかったが、つないだ手は少し力が入っていた。

最後の旅

その年の夏に特別養護老人ホームに入所した陽子は、その変化が目に見えるような速さで体力が衰えた。秋口までは散歩に外へ出たが、冬になると、寒さのためばかりでなく、歩く体力がなくなっていた。体を更新し、エネルギーを補充する食事の量が全く少なくなっていたから当然のことかもしれなかった。

寒さが始まるころ、外を歩いていて陽子がよろめいたことがあった。手をつないでいたので転ばずに済んだが、腕に受ける陽子の軽さに驚いた。

啄木の歌の中で知られたものがある。

たわむれに母を背負いて　そのあまり軽きに泣きて　三歩あゆまず

それを思い出して、陽子の尻に手をやったら少年のそれにも及ばない薄いものであった。

二月に入って施設のケアマネージャーから「折り入って相談したいことがあります」という連絡を受けて行った。

「このままでいきますと、流動食にしましても気管に入って痰がたまり、そちらの方で陽子さんは苦しむことになるでしょう」

ケアマネージャーはまずそう言った。

「〝胃ろう〟と言いまして、胃に直接流動食を入れる手術がありますが、望まれますか」

「陽子は食べることに喜びを感じていますでしょうか」

「いいえ、もうそうしたものは感じていないようです」

「そうすると、生きている喜びというものもありませんね」

「そのようですね」

「喜びを感じないものには食べ物をもう与えないというのは、まあ、見方によっては冷たい行為になりましょうが仕方ありません。これ以上は彼女の生命力に任せることにしたらいかがなものでしょうか」

「そういうお考えであれば、それで結構です」

二月の空気は冷たく、外を出歩くこともできなかったばかりでなく、施設の中を歩くのもできないほど体力が落ちて、介護士が車いすを出してくれたので、それを押して回廊を巡った。

それでも春になると陽子の食事はやや回復し、少しの間なら外を歩くことができるようになったが、しかしそれも一瞬のことで最後の輝きのように思え、半月そこそこでまた車いすに戻った。

その施設はほぼ四角であった。四隅の一カ所がラウンジのようになっていて、そこに立つと、崖下の自動車学校と、その向こうを通る国道に車が走っているのが遠望できる。

「赤い車が見えるでしょ。ほら、こっちへ来るよ」

「赤い車だね。こっちへ向かってくるね。……消えちゃったよ」

ラウンジから見える足元の建物の俯角の線の内側に入ると車番号が付いた車は消えた。

「今度は黄色いのだよ」

「黄色が来るね。また消えちゃったよ」

陽子はオウム返しにそう言いながら、車が消えると車いすからわずかに顔を上げて私の方を向いた。その顔は小さくなっていたが、意外と老人のしわが少なかった。

陽子が他界したのは本格的な夏が来る前である。

陽子が車いすになる前は、午前中に行くことが多かったが、車いすに乗ってからは午後に行った。六月の初めはまだ春の気配が残っていた。どういう加減かその日は朝、世間が動き出す時間にホームに行った。周りの人たちは「虫が知らせたんだよ」と言ったが、そういうものであるらしい。

行くと陽子は介護士の介添えで朝の食事をしていた。

「あら、今日はお早いお出ましですね。せっかくだから代わっていただけますか」

介護士さんはそう言うとトレーの上の流動食の口に入れる順番を説明し、次の人の介護に移動した。私はそれに従って数回スプーンで陽子の口に運んだ。陽子はただ黙って私に応えていたが、すぐにわずかに首を振った。

「もういいようですよ」

「それだけじゃいけません。背中をそっとさすって声をかけながらゆっくりと食べさせてください。時間はたっぷりとありますから、ゆっくりとね」

私は一口スプーンを開けると背中をなぜながら「お母さんおいしい？」と言ってはまた背をさすった。

四回、五回と繰り返すうち、陽子は今度は表情も変えず口を閉ざしてしまった。困った私が顔を上げると、見ていた介護士が、

「おかしいわね、陽子さんはもう少し食べるはずなんですけどね」

と言いながらこちらへ来て顔を覗き、

「今日は寝覚めが悪いようね。はい、それではトイレへ行ってお休みしましょう。お父さんは部屋で待っていてください」

そう言うと、車いすを押した。

私は時間を見ていたわけではないが、トイレにしては長い時間を待たされたように思った時、廊下の向こうから介護士の大きな声が聞こえた。

「陽子さん、陽子さん、目を開けてよ」

表へ出てみると、介護士が車いすの陽子の肩をゆすっていたが、陽子は物のようにただ揺れていた。目を閉じた顔は血の気がなかった。介護士は陽子の鼻に手をかざすと、私の顔を見て静かに自らの顔を振り、目に涙をためた。

私がその朝そこに着いてから三十分もたっていない。魂が体から出てゆく儀式はなかった。そうしたことを執り行う体力さえも残っていなかったのかもしれない。

葬儀社の二階で仏様になった陽子と一夜過ごした時、目も口も開かない彼女と何度も会った。長い一夜の間に陽子は、約五十年を共にした時には垣間見せることもない穏やかで優しい面立ちになっていった。極楽へ行く時は、そのように取り澄ました姿になるのかと見惚れた。

わが妻は迦陵頻伽と会ひたきか
　菩薩の面立ちきょう旅に立つ

「後悔しても始まらない」という言葉がある。

しかし、私は、もう話しかけても応えることのない陽子の顔に向かって、胸のうちの後悔の言葉を長々と述べた。

陽子が私に連れられて「ヨーロッパ・ゴ・コングレス」に行きたがっていたのは、それほど得意でもない英会話教室に通い始めたのでわかった。そして教室に通っても一向に上達しないことに苛立ちを覚えていることもわかっていた。陽子は特別記憶力がよくもなく、才気走って機転が利く性質でもなかったので無理もなかった。

しかし、一生懸命努力をしているのをはたで見ていて一時は憐憫の情を覚えて「行くか」と声を掛けたことがあった。

陽子は即答して「いやよ」と言った。

「何時間もわき見もせずに碁盤に向かっている人のわきで、ただぼんやりと座っていても何が面白いのよ。ごめん被《こうむ》るわ」

「ゴ・コングレス」は参加資格などというものはないし、全くの初心者でもそれ相当の相手がおり、歓迎される。また、向こうでは女性、特に若い娘さんの参加者が多いが、日本から行くものは圧倒的に男が多いし、夫婦ともに囲碁をたしなむものは少ない。少数の同伴する碁を打たない奥さんは、一人で観光旅行に出かけられる旅慣れた方である。

私は「行くか」と言いながらも危惧していた。私が「ヨーロッパ・ゴ・コングレス」に行きだしたのは一九九八年からで六十三歳になっていた。最初は一人で行くのに精いっぱいで、「行くか」と声をかけられるようになったのは四年後であった。その年に陽子は「認知症の疑いあり」の診断を受けていた。

ただし、それがどういう病気なのか、日常ではどのような病状を示すのか全くわかっていなかった。また医者も「物忘れがひどくなります」という以外に注意すべき点を教えるでもなかった。

私たち陽子の身近にいるものは、〝お母さんが時々トンチンカンなことを言う〟、あるいは話していると〝相手がどういう立場なのかを配慮しなくなる〟時があると気が付いた。私の危惧は、もし陽子が「ゴ・コングレス」に行って、同じ日本人だからといって、いい気になって普段思っていることを本音でしゃべり、碁を打つことの無常の楽しさに冷水をかけるようなことを言わないかということであった。何しろ手軽になったとはいえ、年寄りの生活費としては二カ月分を賄えるお金を使い、半日、時には一日をかけて異国へ出かけてきた、その天国にいる境地をけなされてはたまったものではない。

陽子の「ごめん被る」という答えで私は半ば安堵の気持ちになったが、彼女を孤独にすることが、とりついた病気にとっては最良の環境を作ることになったとは気が付かなかった。

それでも私たちは、自身もまだ歩いていない国内を歩きたくて、経済が許す限り旅をした。かつて日本人は夫婦で旅行に行くことはほとんどなかった。海外は無論のこと国内でも夫婦で観光旅行をするなどというのは、きっと私たちの世代が初めてであろう。私たちの世代は戦争の悲惨さを知っていると同時に、そうしたことができる時代を生きていることに感謝すべきかもしれない。

なにしろ私が三十歳のころは、五十歳が定年であったし、その時点で当人も〝老人〟になっていた。その年齢が五十五歳、六十歳と伸びてその制度に浴したのも私たちの世代が最初であった。ただ伊達に労働年齢が伸びたのではなく、十分に労働に耐える体力もあった。栄養がよくなったからであろう。

私は幾度か触れているが、十人兄妹の八番目である。そして、兄でも姉でも夫婦で旅行に行ったということを聞いたことがない。たとえば陽子の姉は六歳ほど離れているが、私たちがフィリピンや中国を旅した時、「年寄夫婦がそんな何日も一緒にいて話すことがあるの?」と言ったことがあった。

私たちの世代は、活動年齢が伸びたことともに、戦後に確立した年金制度が具体的な形になって日常のものとなったことも大きかった。私のように世俗の塵埃ともいうべき名もない一生活人が、ヨーロッパへ出かけて行って囲碁を打つなどということができたのも、その休暇の日数は別として、費用を年金の範囲で賄えることができる時代に生きたことに幸運を感ずるのみである。

陽子の認知症という病気がどう進行するのかはよくわかっていなかった。だが、わからないなりにいずれ正常な老人とは違う状態になることは予想されていたので、ある程度意思が通じ、体力が十分なうちに旅をするよう心掛けた。ヨーロッパへ一人で行く後ろめたさもあったので、陽子が友人と「イタリアへ行く」と言った時は大いに喜んだ。

陽子にとってはそれが楽しいことだったらしく、翌年はインドへ行った。

「後から思うと、あの時、時々変なことがありましたね」

と、同行と言うより〝連れて行ってくれた〟その友人が言っていたが、そのインド行は陽子にとって強烈な印象を宿したらしく、しばらく後まで語った。

幸いなことに私自身は六十歳で職を引いたが、行動に不自由を感じなかったし、一週間に三日程度の顔出しによって給されるものによって経済の余裕もあった。

私たちの旅は南北の両端から始まった。

北から北海道と東北はそれぞれ二度も行った。西は沖縄へ行った時、わたしが歯のかぶせを肺に入れてしまって慌てて引き上げてきた思い出もあり、九州へは南と北に分けて二度も訪ね、また中国地方は見るところが多くて重ねて歩いた。

今は旅の手段も効率がよく、飛行機で一跨ぎで行き、カーナビの付いたレンタカーで動き回れば地図を広げることも、道を尋ねるわずらわしさもない。

どういうわけか、その先々で陽子が食事をしている場面が多く思い出せる。

北海道の東を回った時は、知床半島の太平洋側の付け根を超え、途中エゾシカやキタキツネを見るべく中へ入り、オホーツク海側へ降りたのは夕方になっていた。

「あれが食べたいのよ」

陽子がイクラ丼という看板を指して言ったので車を止めた。彼女の普段の食事は注文が少なくて、そのように看板を指して言うことは珍しいので覚えている。

私はイクラの時期にしては早いので普通の寿司を頼んだ。運ばれてきたイクラ丼を口につけて陽子は少女のようにうれしそうだった。

「こんなおいしいものをなぜ食べないのよ」

「そう、そんなにおいしい？　よかったね」

「やっぱり北海道ってかんじよ。はじめて来てよかった」

「去年春に札幌と登別に来たじゃない」

「そうだったかしら。覚えていないわよ。だってこれは食べていないもの」

私たちはモヨロ貝塚を見た後、その頃では珍しかった芝桜の群生を女満別の奥へ見に行った。

「まだ行くの？」

「そうらしいよ。この案内人（カーナビ）は間違えることがないから指図通り走るだけだよ」

「道がまっすぐね。ほら、くねくねと曲がっていないわよ」

「そうだね。こういう道は眠くなっちゃうので慣れないと危ないね」

「それにしても北海道ってホントに広いわね。お店屋さんなんかもないじゃない。ここの人たちはどうやって暮らしているんだろうかね。聞いてみたいね」

たくさん走っていったのに芝桜は旬を過ぎていて閑散としていた。それでも花はまばらに咲いていていて両側から丘が迫ってくる谷間には細流が流れ、そこは鱒《マス》の釣り堀となっており、まだ営業していた。

私たちは遅れて咲いているものたちの間を手をつないで高みまで登り、地球の大きさを見るように丘のうねりを眺めた。

私たちは翌年、続いて東北を旅した。幸いなことにこの時の陽子は生涯の病を診断されながら、その発症が頻繁でなかった。

東北＝陸奥の国というのはなぜか私の心を茫洋たるものにする。思ってみれば東北の空へのあこがれというものは、焼け野原の少年時代の佐藤紅緑『ああ玉杯に花うけて』以来のものであった。

およそ半世紀前の新婚旅行の行き先に芭蕉の『奥の細道』を選んだことは以前にも触れた。その時は東北でも南の一部をかすったようなものだった。東北を陸奥と一口に呼称するのはだいぶ昔からであったらしいが、暗い未開の土地を指すように「陸奥」という字を当てている。陸奥は広い。東京から青森まではざっと八百キロありその中間の四百キロに仙台がある。そういう広さである。

半世紀後の陸奥の旅は青森まで飛んで南へ降るコースを取った。見たいところは沢山あった。青森空港で車を借りると、何はともあれ年来の望みであった縄文遺跡「三内丸山」を訪ねた。遺跡は丘の上にあり、その丘全体が現世から隔離されるようになっている。

その一端にのぼり、全体が見渡せるところに立つと遺跡の広さに驚かされ、とても五千年前のものとは信じられない風景が目の前に展開している。

この遺跡を一躍有名にした、楼閣と覚しき二十メートルの六本柱のやぐらも、遠望すると割りばしを立てたような大きさにしか見えない。その下を囲むようにあるという大型住居跡のうち最大のものが復元されている。パンフレットによれば集会所か共同作業所ではないかとされているが、幅が九メートル、長さが三十二メートルもあり、柱跡の耐力強度から割り出された棟の高さは高く、堂々としたものである。そのころの世界でもトップクラスの建造物かと思える。

青森でも夏は暑いがその中は涼しく、萱の壁の色が淡い茶色で気持ちを落ち着かせた。いまだ使用目的の見当がつかない、六本の二十メートルの掘っ立て柱は栗の木だということであった。不思議に思ってパンフレットを見ると、「栗の栽培種であり、主食もそれであったろうと推定される」とあった。

それらの木を伐り加工した石斧も見、握りこぶしほどのヒスイに穴が穿《うが》たれているのを見ると、彼らの時代は私たちには想像も及ばないゆっくりとした時間が流れていたのだろうと思えた。

三内丸山遺跡の最盛期は、大雑把に言うと今から五千五百年前から四千年前の千五百年間だといわれる。多い時の時の人口は五百とも。もしそうであれば今時の「里」以上のものと想像される。

今まで縄文時代というのは少人数で木の実を拾い、小動物を狩って移動しながら暮らしていたものだとされていた。確かにそのようなことを裏付ける遺跡が多かったからそうであろうが、住みやすい条件があれば、いま目の前に広がっている集落ができる可能性も秘めている時代でもあったのであろう。そう考えると、今までの歴史の見方というものはこの時代にはこういう形という固定観念が先にあったように見える。人々の生活というものは、二一世紀の今でも石器時代のままで暮らしているものが地球の一隅にいるのと同じように、縄文時代にもきちんとした村落機能を持った人々がいてもおかしくはないのかもしれない。

その世界と別れて人間が原子力を扱う時代のところへ戻る境目に、レストランがあって普通のカレーライスやハンバーグなどと並んで「縄文御膳」というメニューが並んでいた。普通のものより一段と値段が高い。

「せっかくだからこれにしようか」

「でもずいぶん高いじゃない」

「話のタネの分だと思えばいいじゃないか」

「それもそうね」

ご飯は古代米といって赤く、肉はシカといっていた。惣菜の中にはクリもあった。

「おいしくないわね」

陽子は「肉も堅いし」と不満顔で言った。

「昔の人は虫歯なんかなかったんだろうな」

「味も良くないわよ」

「そりゃあ、五千年前は味の素なんかなかったんだろうさ」

その日は「ねぶた」の前日で、準備万端の山車《だし》を遅くまで見て歩いた。しかし、私たちは弘前の「ねぷた」と弘前城、それに岩木山、棟方志功を見るためにそちらへ向かった。青森は「ねぶた」と言い、弘前は「ねぷた」と言うそうだ。

弘前城から見た岩木山の屹立した姿は見事と言うほかはない。土地の人々が「お岩木さん」と尊称して呼ぶのもむべなるかなと思える。その時は夏だから稜線がくっきり見えたわけではないが、眺めていて自然に頭の下がる思いがする。

平野に昂然と構えているその姿は、富士山もそうだし、鳥海山もそうだが、そこには限りなく高貴な方が住み、われわれをくまなく見渡しているような感じさえする。

弘前の野は広い。その野を笛を聞きながら明かりの灯されたねぷたとともに歩くと、そのまま〝陸の奥〟のものたちと同化したいような思いに浸る。

盛岡では『さんさ踊り』を見るほかに志波城跡と、会う約束をした男が一人いた。

私は陽子に病気の症状が出始めると、外の仕事をすべて遠慮したが、その中に日本棋院（囲碁）の普及指導員というものがあった。囲碁がプロ並みに上手だということではなく入門指導や、初心者への手ほどきを〝してもいい〟というだけのものであるが、この指導員の研修という懇親会が年に一度開かれる。私は二度ばかり出たことがあった。

そこで知り合いになった一人に、盛岡在住の男がいて佐藤と名乗った。私の最初に出した本の数少ない読者の一人である。旅に出る前に連絡すると「歓迎する」と返事があった。

夕方の一時、旅の途中で初めての訪れでもカーナビはすぐ探してくれた。

久闊のあいさつとともに、その筋のもの同士として当然に囲碁の話になった。

「このコーヒーはおいしいですね」

陽子が話の途切れに一言言った。

「お店のコーヒーよりずっとおいしいわ」。重ねて言うと私に「どう」と同意を求めた。

「奥さんはいいお口ですね。これは特別な水を使っています」

「そういう天然の水がお近くで出るんですか」

「いいや。ろ過して造っているのです」

佐藤はそのろ過の材料と装置のカタログを勇んで持ってくると、とうとうと説明を始めた。

陽子はいかにもわかったような顔をし、相づちを打ち、時には質問もすると佐藤の口はますます滑らかになった。

私は横でそのやり取りをただぼんやりと聞いているだけであったが、彼が「歓迎する」と言ったのは、あるいはその装置の販売員に誘うためであったのかもしれないと気が付いた。現に値段の話におよび、販売手数料にまで進んでいった。

陽子はそれらを熱心に聞き、「もっとよくわかる本などありますか」とまで言った。佐藤が私に話す前にその意を察して陽子が言葉を切ったような成り行きになっていた。

陽子は「帰ってからよく考えてご返事しますわ」と言った。

「家内が踊りに行っていて、お構いもできませんで申し訳ありません」

別れ際に佐藤はそう言って頭を下げた。

「踊りって、『さんさ踊り』のことですか」

「そうですが」

「今晩それを見に行くつもりでいます」

「そうですか、それならここへ行きなさい。ただやたらに行ったのでは人の頭を見るだけです」

佐藤はホテルからの地図を描いてくれた。確かにそれがないとどうしようもなかったろうと思えた。

「ずいぶん熱心に聞いていたけど買うの？」

車まで戻る時に聞くといった。

「伺った時に、左の奥の方にろ過装置があったので言ったのよ。やっぱりそうだったわ。去年だったかしら、こういうのが売り込みに来たのよ」

「販売人になるとどうのこうのと言っていたじゃない？」

「帰ったら〝ごめんなさい〟って電話すれば済む話よ。碁の話になると長くなりそうでしょ。だからよ」

「さんさ踊り」は小太鼓を胸に抱えて踊りながら練り歩く衆が中心で、グループによっては横笛の衆も多いのもあった。

太鼓を打った撥《ばち》を地に向けるかと思うと、一転して虚空に投げ出すように伸ばし、またひらりと回転しながら太鼓を打つ。そのリズムを笛が囃したて、見ていて飽きなかった。

佐藤が選んでくれた見物場所は踊りが解ける最後の近くであった。見物疲れするとそこへ行き、カメラを上げると踊り終わった衆が私たちの周りに〝わっ〟と寄ってきた。

「おなかすいたね」

「そうだね、そろそろ行こうかね」

二人のやり取りを横にいた笛の娘さんが小耳にはさんで「ラーメンならおいしいところがありますよ」と言った。

蒸し暑い夜であったが、温かいものが食べたかったので丁度よかった。

「それでいいわ」

「お父さんも？　じゃ案内するわ」

小さな店であった。親父さんが真ん中にいて調理し、客が周りを取り囲んで二十人も座ると
あふれそうだった。

「おじさん、おいしいわよ」

陽子が珍しく声をかけた。踊りの余韻が残っていたのであろう。

「おしょうし。江戸からですか」

「育ったところはね。今はせとものの瀬戸。名古屋の隣よ」

「それはそれは。踊りはどうでした」

「踊りもよかったわよ」

「おしょうし」

「おしょうしなっす」

「それ日本語？」

「〝ありがとう〟のこっちのほうの方言」

「おや、旦那さんはこちらですか」

「子供のころ近くに疎開しました」

「ほう、どちらへ？」

「米沢の北」

「そうすると集団ですな」

「よくわかりますね」

「同世代ですからね。それでは苦労なさいましたな」

「おかげでこちらの方も故郷です」

遠野へ行く前に、盛岡の郊外にある志波城跡が一部整備されていると聞いたので寄った。

〝城〟とはあるが、ヤマト政権の国衙である。

延暦二十二年（八〇三年）に「志波城へ越後国から米三十石と塩を送った」と『日本紀略』にあるそうだから、今から千二百年前にはこの復元途中にある国衙は存在していたのだろうと思える。延暦二十二年はヤマト政権が平城京から平安京に移った直後である。志波はそのころの最北に当たる。

雫石川の氾濫平野の中に、その国衙の前面の築地塀と門だけが形だけ完成している。完成した羅門などは奈良のように鉛丹の赤が塗られるのだろう。

塀の高さは四、五メートル、長さ約八百メートル。六尺に満たない人間が見たら相当に大きく長い。しかし広大な陸奥の真ん中にあれば芥子《けし》粒のごときものではないかと思われる。そう思うと、千二百年前の蝦夷とヤマトの関係は歴史書にあるよりは相当穏やかなものだったのだろうと見える。
志波城の後は「遠野物語」の遠野へ向かった。
「遠野物語」の世界を好んだ陽子は、目を輝かせそこを歩いた。

(了)

あとがき

陽子が逝ってから、記憶が残っているうちに陽子の病気の顚末を整理したいと思っていたが、筆を執ってみると、「あの時、もっと丁寧に面倒を見てやればよかった」という後悔めいたものが先に立ち、記憶を突き放して書くことができなかった。

完全ではないが、そうした記憶や思いを、よそ事と見られるようになるまで六年かかった。したがって実際に起きた事実から外れているところもあると思うが、凡人のすることだから仕方がないとも思っている。

それにしても「認知症」という病気は、付き合えば付き合うほど、不思議な病気であるとの思いを深くする。もともと病気というものは、生きていることの一面である。そう思えば、ヒトが生き、活動することそのものが摩訶不思議なことなのだから、当然なのかもしれない。

年を取るということはつらいものである。

最近、まったくもって恥ずかしいことがあった。挨拶状のような葉書を出したのだが、数が四十枚近かったので、以前書いた文面を下敷きにしてパソコンで打ち出し、投函した。ところが日付を変えた覚えがないのに後から気がついて、葉書を見ると案の定古い日付のままだった。出した後になって気がつくのだからどうしようもない。「あいつもぼけたのかな」と、葉書を受け取った知り合いの方々にいぶかる種を蒔いただけのことである。

自分でも不思議で仕方がない。書き直している時に「直さなければいけない」と思い、文章を点検している時もそう思ったことまでは覚えているのである。これも老人の〝物忘れ〟ないし〝耄碌《もうろく》〟に違いない。情けなくなると同時に、「そろそろ免許証を返さなければいけないのか」と恐怖に駆られる。

ものの本によると、このような一般の老人の物忘れと、認知症患者の物忘れは違うとある。これも不思議な話ではないか、と常々思っていた。

例えば、カッターで誤って指先を切り血が出た場合と、刀で胴体を斬られた場合の怪我は、後者は命にかかわる大変なことだが、〝刃物で肉体を傷つけた〟ということでは同じで、程度の大小にすぎない。

後々になって考えてみれば、陽子が「認知症」と診断される以前から「お母さんちょっと変だよ」ということがしばしばあった。考えようによってはその頃からもう病域に入っていたのかもしれない。そうすると普通の老人の物忘れの延長線上に認知症があることになり、普通の物忘れが病気でないものなのであれば、いつから認知症の領域に入ったかという境目の問題だけになる。

がん患者は、がん細胞が体内のどこかに発生したことによって〝病気〟の領域に入るが、認知症ではそこが判然としない。認知症という病気そのものがどうして起きるのか、いまだはっきりしていないということであるらしい。そこへもってきて、病気とは言えない普通の老人の物忘れの延長線上にあるのだとすれば、その対応はさらに混迷を深めるに違いない。

現にそういう混迷の上に立っているために、認知症を含めた老齢化の対策は効果を上げていない。いま、国家予算およそ百兆円の三分の一は福祉予算であると言われている。その大部分が高齢化対策であるにもかかわらず、方々でほころびが指摘されている。

私は陽子の介護をしながら、次のように考えた。

一、普通の老人の物忘れは認知症の始まりである、という前提に立って対策を考える。

二、それらの人はほとんど健全な者と変わりがないから、大いに社会活動・生産活動に参加すべきである。

三、その人々が、「毎日が楽しい」と思えるような施設・環境を社会全体で作り出すべきである。

詳細な構想案は別にまとめてあるが、長文になるのでここには記さない。しかし、私としては充分に実現可能な案だと思っている。

「ガンを患っても治った」という話を最近は聞くこともある。しかし、認知症になって回復した話はない。

いずれにしても〝死に至る病〟にかかることは人の不幸である。認知症の末期は人の記憶はほとんどなくなるが、なにがしか残った記憶の中に、その人にとって好いものがあれば、その人も生を全うしたと考えられるのではないかと思う。

著者

[著者略歴]
町井たかゆき
1935年、東京下町に生まれる。
1965年、鉄工技能士1級。
あるきっかけで零細企業の面白さに取りつかれ、以後
誘われるままに勤め先も住所も転々とする。
たくさんの人に出会い、その人たちの善意に包まれて、
幸運な傘寿を迎える。
終の住み処は、愛知県瀬戸市になりそうである。
【著書】『遊びをせんとや』(2001年、文藝書房)
『右のポケット』(2015年、文芸社)
『十三年』(2018年、風媒社)

装幀・澤口 環

陽子の微笑

2019年11月30日 第1刷発行 (定価はカバーに表示してあります)

著 者 町井たかゆき

発行者 山口 章

発行所 名古屋市中区大須 1-16-29
振替 00880-5-5616 電話 052-218-7808 風媒社
http://www.fubaisha.com/

*印刷・製本/モリモト印刷
乱丁本・落丁本はお取り替えいたします。
ISBN978-4-8331-1134-8